JN163264

王宮のトラと闘技場のトラ

リン・リード・バンクス＝作
杉田七重＝訳

さ・え・ら書房

息子のギロン・スティーヴンソンに捧げる

もくじ

装画・吉川聡子
装丁・生沼伸子

TIGER, TIGER by Lynne Reid Banks
Text copyright ©2004 by Lynne Reid Banks
Japanese translation rights arranged with
McIntosh and Otis, Inc. New York
through Japan UNI Agency, Inc. Tokyo

王宮のトラと闘技場《とうぎじょう》のトラ

プロローグ

ねぐらに近いジャングルの草むらをはねまわっていたトラの子二頭が、ふいに耳をぴんと立てた。

子どもだけで遊ぶとき、二頭はいつも、母トラの帰ってくる物音に半ば耳をすましていた。けれどいま聞こえているのは、耳ざわりで、恐《おそ》ろしげな音だった。かたいものがぶつかる音や、若枝をなぎはらい、ふみしだく音が、どんどん大きくなっていく。なにか声もする。いつも聞こえている動物の鳴き声とはちがう。まったく耳なれない声で、それがひびいたとたん、ジャングルがしんとしずまった。生まれたときからずっとなじんできた安心できる音や鳴き声が、もうどこからも聞こえない。

二頭は心ぼそげに、あたりをきょろきょろ見まわした。何かがここへやってくるような気がする。そうだ、お母さんが帰ってきたのかもしれないと思い、目でさがす。

と、ふいに頭上でバサバサッと大きな音がした。顔をあげると、木々の葉が揺《ゆ》れている。鳥の群れが色あざやかな羽根をばたつかせて、いっせいに空に飛び立ったところだった。

と、今度は一群れのサルが逃《に》げていくのが見えた。何かにおびえているようで、甲高《かんだか》い声で鳴き叫《さけ》びながら、高い枝をつぎつぎとつかんで逃《に》げていく。

危険がせまっているのだろうと、二頭は思う。それで身をひそめていた生き物たちが、あわをくってとびだしてきたのだ。すぐそこの木立のあいだを、雄鹿《おじか》があわてふためいて逃《に》げていくのも見えた。もっとずっと遠くでは、らっぱのような甲高《かんだか》い鳴き声もして、ゾウが危険を知らせているのだとわかる。すがたは見えないものの、小さな生き物たちも下生えのなかをあわてて逃《に》げていくのが音でわかる。耳に入るあらゆる音や鳴き声が、早く逃《に》げろと知らせていた。けれども兄弟は逃《に》げない。逃《に》げたほうがいいと痛いほどにわかっていても、母トラの言いつけにはそむけなかった。すぐ見つけられるよう、いつでもねぐらの近くにいなさいと、つねひごろから教えこまれていたのだ。

二頭はその場にしゃがんで身を低くした。つぎの瞬間《しゅんかん》、灌木《かんぼく》の茂《しげ》みを割って、ふいに二本足の生き物が一列になって飛びだし、トラのねぐら前に広がる小さな空き地にふみこんできた。

兄トラは急いで逃《に》げようとしたが、もう遅《おそ》かった。

飛びかかってきたハンターに首のうしろをつかまれ、ふくろのなかに乱暴につっこまれた。逃《に》げようともがき、金切り声をあげながらハンターにかみつこうとするものの、むだな抵抗《ていこう》だった。弟トラはもがくひまもなく、気がつくと、暗く、むっとするなかに閉じこめられていた。ふくろに閉じこめられた二頭はもう何も見えず、地面をざくざくとふむ荒々《あらあら》しい音が聞こえるばかりだった。それとひきかえに、さっきまで聞こえていたやかましい音はだんだんに遠ざかっていく。しめつけられた体が上下にはずんで苦しい。なにが起きたのかさっぱりわからず、頭のなかは真っ白だった。


トラを入れたふくろを手に、ハンターふたりは馬を待たせてある森のはずれにたどりついた。ずっしり重いふくろを、まず人に持たせておいて馬に乗り、それからふくろを受け取って馬の鞍《くら》がしらにゆわえつける。

トラのにおいをかぎつけた馬が恐怖《きょうふ》にいないて、ふくろから逃《のが》れようと暴れる。もののわかった乗り手は、その恐怖《きょうふ》心を、馬が全力で前に飛びだすのに活用する。もうすぐそこまで、母トラがせまっているのにハンターは気づいていた。

あとにしてきたジャングルの森はまだ騒々《そうぞう》しく、いまもたくさんの猛獣《もうじゅう》が次々と狩《か》られて閉じこめられているのだとわかる。

馬たちは、おさえつけられていた頭が自由になると、すかさず後ろ足で立ちあがり、船の待つ川べりめざして、まっしぐらにかけだした。

ゴールが見えてきたところで、ふいにハンターたちの髪《かみ》が恐怖《きょうふ》に逆立った。こちらへ突《とっ》進《しん》してくるトラの咆哮《ほうこう》を背中に聞いたのだ。おどろいた馬が一気にスピードをあげた。土手と、最初の船をつなぐ道板が見えてくると、先頭の馬がそれをふみきり板にして船の甲《かん》板《ぱん》に勢いよく飛びあがった。後ろの馬はトラに尻《しり》をかまれて耳をつんざくような悲鳴を上げ――血走った目を大きく見ひらいて、船の甲板へ飛びこんだ。

ハンターふたりは鞍《くら》がしらからふくろをはずすと、待っていた船員たちに、なれた手つきで放り投げた。馬から下りると、船の手すりによりかかって、追ってきた雌《めす》トラとほかの者たちが格闘《かくとう》しているのを見ている。

二頭の子トラは船の暗い船倉に下ろされて、そこに用意してある檻《おり》に入れられた。二頭とも、自分たちを助けてくれるはずの最後の頼《たの》みの綱《つな》が、心臓を槍《やり》でつらぬかれて、船のすぐ手前に倒《たお》れていることを知らない。

1　とらわれて

二頭の子トラは身をよせあい、たがいの前足をからめて、頭と横腹を押《お》しつけあっている。

闇《やみ》と、いやなにおいと、たまらない揺《ゆ》れに、押《お》しつぶされそうになっていた。

完全な真《ま》っ暗闇《くらやみ》は子トラにとって初めての経験だった。どんなに暗くても、ジャングルにいれば、トラの眼にはいつでも光が見えた。何があろうと空から完全に光が消えることはなく、頭上の木の葉がどれだけびっしり重なっていても、そのあいだからもれる光をとらえることができた。水たまりや、木々のつやつやした葉や、ほかの生き物たちの眼など、ジャングルではさまざまなものに光が反射している。それらを頼《たよ》りにすれば安全に出歩くことができる。つまり暗くなれば、ねぐらをとびだし、遊んで、食べて、探検できるわけで、二頭は安全な闇《やみ》が大好きだった。ところがいまいる闇《やみ》はそうではなかった。

まず、臭《くさ》くてたまらない。うめることができずに、むきだしになっている糞《ふん》の悪臭《あくしゅう》、それに、恐怖《きょうふ》をにじませた動物のにおいもする。さらには、なんのにおいだかわからない、血のようにしょっぱいにおいもする。かといって血はどこにも流れていなかった。

とじこめられているせいで、においはなおさらひどくなる。ふつうなら風に乗ってどこかへ飛んでいってしまうにおいが、ずっと同じ場所にこもっているからだ。敏感《びんかん》な鼻を持っているトラは、いやでもそれをかぎつづけねばならず、息がつまりそうだった。さまざまなにおいがごっちゃになっていて、なんのにおいだか見当がつかないものまでまじっている。これでは、ほんとうに必要なにおいがかげない。頭をあげて、臭《くさ》い闇《やみ》のなかをくんくん嗅《か》ぎまわりながら、二頭はすっかり途方《とほう》にくれる。

一番つらいのは揺《ゆ》れだった。足の下の地面が少しもしっかりしていない。横にも縦にも揺《ゆ》れて、揺《ゆ》れが大きくなると、二頭はずるずる片側にすべっていって、かたくて冷たい、細い木の列にぶつかる。木と木のあいだはせまく、くぐりぬけることはできなかった。と、次の瞬間《しゅんかん》、地面が反対側にかたむいた。二頭は臭《くさ》いわらのなかをすべっていって、今度は反対側の冷たい木々にぶつかった。たまに恐《おそ》ろしいほどの大きな揺《ゆ》れがくると、自分たちが入っている箱のような空間ごとすべっていって、またべつの何かかたい物にぶつかる。これはもうたまらなく恐《おそ》ろしく、子トラたちは歯をむきだしてうなり、はあはあ息をしながら、足の下にある、地面ではないかたい物を必死にひっかいて動きをとめようとする。しかし何をしようとむだだった。

二頭は頭をのけぞらせてほえ、自分たちを閉じこめている、冷たく細い木をかみきろうともした。そういうことをしていると、そのうちよだれに血がまじってくる。恐《おそ》ろしい縦《たて》揺《ゆ》れと横《よこ》揺《ゆ》れがおさまると、ふたりはまた身を寄せあった。激しい心臓の鼓《こ》動《どう》もおさまって、たがいの顔をなめあってほっとひと安心する。

二頭とも、体の大きな母トラが恋《こい》しく、早く帰ってこないかと待っている。これまでは必ず帰ってきたのに、今日はいつまで待っても帰ってこない。温かな毛も、体をきれいにして落ち着かせてくれる、ざらざらの舌もない。おいしい食べ物も、よじのぼれる体も、獲物《えもの》だと思って追いかけるしっぽもない。狩《か》りの訓練も、愛情も、安全も、いっぺんになくなった。

いつもやっていることが何もできない。はねまわったり、遊んだりしようにも、それだけの空間がないし、元気もなかった。それで二頭は身を寄せ合って横になり、あらゆるいやなにおいのなかから、おたがいの、いいにおいをかぎとって時間を過ごした。

そんなふうに、夜も昼もおびえ、吐《は》き気《け》を催《もよお》しながら、その日その日をやりすごしていった。何が起きたのかわからず、助けもこない。ひたすら恐《おそ》ろしくて、うんざりする毎日。それを乗り越《こ》えるのに精一杯《せいいっぱい》で、そのうち母トラのことも忘れていった。

しかし、いつ終わるともしれない長い時間のなかにも、うれしいひとときがあって、二頭はそれを楽しみにするようになった。そのひとときは、いつも同じように始まった。

暗い天井《てんじょう》でなにやら音がひびいて兄弟が顔を上げると、ふいに、まがいものの小さな空が頭上に広がる。するとそこから、いつも食べ物をくれる二本足のオスの動物がおりてきて、二頭ははじかれたように立ち上がる。興奮とはやる気持ちがおさえられず、弱々しい声で鳴いてみたり、歯をむきだしてうなったりする。冷たい細木のあいだから、大きな前足を外につきだし、食べ物がそばまでやってくると、爪《つめ》でさっとひっかけて、一刻も早くそばに引き寄せようとする。食べ物は、長く平たい木ぎれの上にのせた生肉で、足下に近いすきまからなかにつっこまれる。二頭が肉をひったくると同時に、からっぽの木ぎれがひっこむ。肉の量はいつもわずかで、腹がいっぱいになることはなかった。同じすきまから、入れものに入った水もつきだされるのだが、先を争って飲もうとするものだから、毎回こぼれてしまう。二頭はたいがい喉《のど》がかわいていた。

「残さず食べろ、坊《ぼう》やたち！　たらふく食べて、大きく、強くなるんだ。これから行くところじゃあ、何よりもそいつが肝心《かんじん》なんだぞ！」自分たちにむかって、二本足のオスが口からペチャクチャと鳴き声を出すが、とうぜん子トラに意味はわからない。

二本足はピューッとジャッカルのように甲高《かんだか》い鳴き声を出してから、二頭の前を去り、闇《やみ》のなか、また別の場所に閉じこめられている動物にえさをやりにいく。

ヒグマ。ジャッカル。異常に興奮してギャーギャー騒《さわ》いでいる一群れのサル。野生の犬もいて、これはたえまなくほえ立てながら、怒《いか》りと恐怖《きょうふ》のにおいを発散している。サラサラ音を立てる巨大《きょだい》な羽根を持つクジャクは、仲間どうし甲高《かんだか》い声で話している。そして、どこかずっと遠くで、雌《めす》ゾウの動く音も聞こえる。足に何かくくりつけられているようで、大きな体を揺《ゆ》すって左右の足に体重を移動するたびに、ガランガランという不自然な音が、きしんで揺《ゆ》れる永遠の闇《やみ》のなかにひびきわたる。

ある夜、すさまじいほえ声と甲高《かんだか》い悲鳴が爆発《ばくはつ》するようにわき起こった。犬たちが、たがいにかみついて殺し合いを始めたのだ。子トラは恐《おそ》ろしくなり、閉じこめられている箱のなか、犬たちから一番遠いすみっこに避難《ひなん》して身を寄せ合った。それでも恐《おそ》ろしい戦いの音は聞こえてきて、一匹《びき》、また一匹《ぴき》と、負けた犬が八《や》つ裂《ざ》きにされていくのがわかる。

このあと船倉に下りていった人間は、恐《おそ》ろしい殺りくのあとを目の当たりにした。生き残った犬はたったの二匹《ひき》。

「こりゃ、まずいことになるぞ」半分あけた檻《おり》の入り口から、ひとりが犬の死骸《しがい》を引きずり出すあいだ、べつのふたりが先のとがった棒で、生き残った犬を押《お》さえている。

「だから、べつべつの檻《おり》に入れておくべきだって言ったんだよ。えさを十分に与《あた》えなかったって、しかられるのは、おれたちだぜ」

「死骸《しがい》を切りきざんで、トラのえさにすればいい。犬はまあ仕方ないですむだろうが、トラの子の一頭でも失ってみろ、今度はおれたちが犬のえさになる」

それからというもの、子トラは食べ物をふんだんにもらえるようになり、二度と腹をすかせることはなくなった。食事の時間以外は、満腹をもてあまして、ひたすら眠《ねむ》っている。それでも安らかな眠《ねむ》りは得られなかった。

二頭には、戦って殺し合う気などさらさらなかった。兄弟は助け合って生きるものという、人間のような意識はなかったが、それでも二頭は、ここでたよれるのは相手しかいないとわかっていた。最初に生まれたほうが体が大きく、こちらがリーダーで、ジャングルでは真っ先に食べ物を口に入れ、そのほとんどを自分でたいらげた。遊びや狩《か》りの訓練でも、つねに自分が先導した。さらに兄は、弟より頭もよかった。ウーウーうなったり、地面をひっかいたり、周囲にびっしり並んだ冷たい木に、ほおやわき腹をごしごしこすりつけたり、かんで粉々にしようとしたりするのは、むだなことだとわかってきた。それで、弟がそういうことをしだすと、どんと体当たりを食らわせ、体の上にのっかってやめさせた。

そんな兄に弟はすなおにしたがった。そのほうがいいと、自分でもわかってきたのだ。前足も、喉《のど》も、歯も、痛むようなことはなくなった。力をむだにしないことを学んだのだ。けれども心の痛みは消えない。それを忘れるのは、食べているときと、兄といっしょに身を丸めて、たがいの顔をなめあいながら眠《ねむ》るときだけだった。

そういう日々がとうとう終わった。

頭上のはるか高みに、まがいものの空が広がったあと、それがそのままずっと消えずに、新しいにおいが入りこんできた。土と植物のにおい。ジャングルのにおいとはまたちがうけれど、どこかそれを思いださせて、トラの子は心がなごむ。

二頭は並んで立ち、次に起きることを待って油断なく気をくばっている。頭上では、二本足の動物があわただしく走りまわって、口から大きな鳴き声を出している。まがいものの空がどんどん大きくなって、ついにふたりの頭上に本物の青空が広がった。何かが上から落ちてきて、ふたりを閉じこめている箱にとりついた。次の瞬間《しゅんかん》、箱がぐらんと揺《ゆ》れて飛び上がった！　縦にも横にも揺《ゆ》れるなか、二頭は転んでは立ちあがり、転んでは立ち上がりをくりかえす。しばらくして、いきなりがくんととまった。まわりに二本足が大勢集まってきて、みんなでこちらをのぞきこんでは、口から大きな声を出している。声は四方八方から聞こえていた。

二本足の一頭が、長い指のついた、毛のない前足を、細木の列のあいだからすべりこませてきた。兄トラが歯をむきだしてうなり、がむしゃらにかみついた。つるつるの前足がひっこんで、甲高《かんだか》い鳴き声が上がった。

「かもうとした！」

「あたりまえだ！　相手は野生の獣《けもの》だぞ。ペットみたいに、おとなしくなでられているわけがないだろ！」

「だけど、あんなにかわいくて、まるで大きな子ネコみたいだ――」

「おまえは、手を半分食いちぎられでもしないと、そうじゃないってわからないのか？　やつらは闘技場《とうぎじょう》に行くんだ。獰猛《どうもう》でなくちゃ役に立たない」

子トラたちは、ほかの動物が近くに下ろされるのを、警戒《けいかい》しながら見まもっている。

まもなく人間たちは二頭の檻《おり》からはなれていき、クマやクジャクやサルを見物しだした。頭上から雌《めす》ゾウが慎重《しんちょう》に下ろされてくると、みんなが息を呑《の》み、歓声《かんせい》をあげた。

「うっわあ！　なんて大きさだ！　おいみんな、はなれてろよ！」

「皇帝《こうてい》はあれをコロセウム（古代ローマ最大の円形闘技場《とうぎじょう》）で見せようってのかい？　クマみたいに、犬をけしかけてなぶる？」

「ああ、きっとそうだ！　そりゃもう、すごい見世物になる」

「あれだけ大きいのを殺すのに、どれだけの犬が必要かね？」

「いいや、皇帝《こうてい》は、なぶり物にもしなければ、殺しもしない。ゾウは殺しちゃいけないんだ。おそらく皇帝《こうてい》が乗るんだろう。考えてもみろよ！　われらの偉大《いだい》なカエサルが、世界一背の高い動物に乗って、アッピア街道を進んでいく！　すばらしい光景じゃないか！」

子トラの入っている箱に植物の太いつるがつながれ、二頭は箱ごとひきずられて巨大《きょだい》な台の上に載《の》せられた。台が生き物でないのはひとめでわかるのに、それが突然《とつぜん》動きだした。二頭が前方に目をやると、数頭の動物が台をひっぱっていた。その動物が地面をふむかたい足音が地面にひびいている。子トラたちはあたりをきょろきょろ見まわす。外は日ざしがあふれているものの、その日ざしはジャングルのように樹木の青葉ごしに差してくるものではなかった。さえぎるものの何ひとつない、だだっぴろい緑と黄色の広がりに、陽光がさんさんと降りそそいでいる。二頭はジャングルを一度も出たことがなく、野原も畑も見たことはないから、この光景には首をかしげるばかりだった。それでも、自然の土があり、植物が育っているわけで、そのにおいに鼻をくすぐられると、外を自由にかけまわりたくて、うずうずしてきた。走りまわって、どこか安全なところをさがして、そこを隠《かく》れ場所にするのだ。つまるところ、何があろうと、子トラたちは自由を忘れていなかった。

二頭の後ろから、べつの動物たちが同じように、台車に乗せられて、進んでくる。クマは後ろ足で立ちあがって、自分を閉じこめている細木を両手でつかみ、群衆にむかってほえている。ジャッカルは足で地面をひっかいて、哀《あわ》れっぽい声で鳴き、サルたちはてんでんばらばらに跳《は》ねまわり、首を何度もねじっては、そのよく光る小さな眼であちらこちらをにらんでいる。二匹《ひき》残った犬は、横になって傷をなめ、ゾウは大きな足で立ちながら体を揺《ゆ》らしている。

いつまでたっても自分たちの載《の》っている台がとまるようすはない。しばらくするとトラの兄弟はつかれてきて、横になって眠《ねむ》った。

目がさめると、自然の風景はきれいさっぱりなくなっていた。後ろへ流れていく景色はまったく初めて見るもので、どこに眼をやっても、わからないものだらけだ。そこらじゅうを二本足の動物が大勢歩きまわっていて、そのむこうに、石でできた巨大《きょだい》な崖《がけ》のようなものがある。崖《がけ》には洞窟《どうくつ》がいくつも口をあけていて、そのなかを二本足が出たり入ったりしていた。高いところにある洞窟《どうくつ》に立って、外を見ている二本足もいた。そこらじゅうに満ちている、むっとする不思議なにおいと、あらゆるところからひびいてくる、二本足が口から出すペチャクチャいう鳴き声。

トラの兄弟は舌をだらりとたらして、その不思議なにおいが鼻孔《びこう》に入るままにする。そこらじゅうでしているこのにおいは、生温かい肉のにおいだ。

2 皇帝《こうてい》の娘《むすめ》

アウレリアは寝室《しんしつ》のバルコニーに置いた長いすの上で休んでいた。十二歳《さい》だが、たいへんに美しく、すっかり女らしくなっている。皇帝《こうてい》である父親は、自分が許可しないかぎり、いかなる男もアウレリアとふたりきりになってはならないという保護命令を出していた。バルコニーからは宮殿《きゅうでん》の庭と、そのむこうに広がる、伝説に名高いローマの七丘《しちきゅう》のうち三つが見える。日にさらされて白くなった石の建物とイトスギの木に覆《おお》われた丘《おか》。すっくと伸《の》びるイトスギの木が風に揺《ゆ》れるさまは、堂々たる黒い指が空にむかって神々をたしなめているようにも見える。なぜ神々は、アウレリアを手持ちぶさたにしておくのかと。

今朝も母親に、「アウレリアはすっかり時間をもてあまして、空想にふけってばかりいる」と言われたばかりだった。ローマ皇帝《こうてい》の娘《むすめ》だから仕事もあるにはあるのだが、それをしたからと言って、たいくつがやわらぐわけではなく、明日もやるのを楽しみにするような仕事ではなかった。もちろん、アウレリアにも決まった勉強があったが、熱中できるのは音楽だけで、それももっぱら音楽の先生にひかれてのことだった。先生は若きアッシリア人で、髪《かみ》は炭のように真っ黒な巻き毛。遠慮《えんりょ》しながらも熱っぽい目で自分を見つめてくる。リュートの音色の美しさと同じぐらい、アウレリアはこの先生が好きだった。ほかの科目の先生はたいくつな年寄りばかりで、自分より生徒のほうが頭の回転が速いことに気づいていない。先生たちのとりとめもなく続く話をしまいまで聞かないうちに、もうアウレリアは理解しているのだった。

アウレリアは賢《かしこ》い両親から、ありとあらゆる知性を受け継《つ》いでいた。しかしどうやらそれは、あまり役に立ちそうになかった。

富豪《ふごう》の男性にみそめられて結婚《けっこん》するのを幸せと考えるなら、知性よりも、その美貌《びぼう》のほうがはるかに役に立つ。相手は元老院議員の息子か、近衛兵団の将校が望ましい。すでに母親が、ふさわしい相手を物色中であるのをアウレリアは知っていた。しかし結婚《けっこん》は十三歳《さい》になってから。運がよければ十四歳《さい》まで待ってもらえる。

アウレリアは心の奥底《おくそこ》から深いため息をついた。ほかの女の子たち——つきあうのにふさわしいと両親が認めた数少ない若い娘《むすめ》――は、顔を合わせれば、若い男性の話と結《けっ》婚《こん》の話ばかりしていたが、アウレリアは母親と同じ道を進みたくはなかった。母は十三歳《さい》で結婚《けっこん》し、翌年には子どもを産んで、主婦として家庭を守ることに一生を捧《ささ》げてきた。アウレリアにとってそれは、死を免《まぬか》れないキリスト教徒が闘技場《とうぎじょう》につながれて、猛獣《もうじゅう》たちの餌食《えじき》になるのと同じに思えて仕方なかった。

ちがう、そうじゃない。そんなわけはない。アウレリアはわれにかえって自分の考えにぞっとした。首を大きく振《ふ》って恐《おそ》ろしい考えを頭から追いだし、からっぽになった頭に楽しい考えをあふれさせる。それは、ずいぶん早い時期からアウレリアが身につけた、気分を変える方法だった。

「わたしはキリスト教徒じゃなくて幸運だった」声に出して言ってみる。これもまた、恐《おそ》ろしい考えや不愉快《ふゆかい》なことを頭から消し去る手立てのひとつだった。

自分は幸運な星の下に生まれついた。アウレリアはごく小さいころから、それを自覚していた。こういうところも彼女《かのじょ》の頭がいいゆえんで、ほかの子どもは恵《めぐ》まれた状況《じょうきょう》をまったくあたりまえのように思って育ち、自分の生活と他人の生活をわざわざ比べたりはしない。しかしアウレリアは幼いころから、自分の暮らしと、ローマに住む一般《いっぱん》市民の暮らしにちがいがあることに気づいていた。ローマ市民のあいだには社会の階層がいくつかあって、その最下層に奴隷《どれい》や貧困者がいる。それはもうじつに大きなちがいで、宮殿《きゅうでん》から外に出るたびに、アウレリアはそのことをつくづく考えるのだった。

宮殿《きゅうでん》内にも召《め》し使いがいて、暮らしは比較的快適《ひかくてき》だが、いつなんどき、恐《おそ》ろしい目に遭《あ》うかわからない。いまから五年前、アウレリアは自分の侍女《じじょ》のひとりが、むちで容赦《ようしゃ》なく打たれているのを目撃《もくげき》している。ささいなことで、その侍女《じじょ》について自分が文句を言ったのが原因だった。自分のせいで、こういうことになった。幼いころにそれを目の当たりにしたことで、アウレリアはいくつか学んだ。一番単純なのは、心を鬼《おに》にすること。ほかのみんなはそうしていた。しかしアウレリアは、もっといい方法を学んだ。いっときの感情に流されて他人に告げ口するのではなく、使用人の不手際は、自分でなんとかするということだ。

さらにアウレリアは侍女《じじょ》の悲鳴からべつのことも学んだ。この世における自分の位置づけを思い知り、自分には力があり、その力を父親は自分よりはるかに多く持っていて、それをほぼ無制限に世に及《およ》ぼせるということだ。最近になってアウレリアはその力の意味するところをいくぶんか理解した。いまだに理解できないのは、なぜ人間にはそういう力を持つ者と持たない者がいて、持たない者は持つ者のいいなりになっているのかということだ。もしそういうことを、先生たちが教えてくれるなら、アウレリアは全身を耳にして真《しん》剣《けん》に聞いただろう。しかしそういうことをたずねると、先生たちはいい顔をしないだけでなく、実際何も答えられないのだった。その手の質問をしたところ、あきれ顔を返してきた先生もいた。

「どんな社会にも階級制というものがあるのです。どんな社会にも身分の高い者と低い者、主人と奴隷《どれい》がいるものなのです」

「奴隷《どれい》の生活は、きっとつらいにちがいないわ」

「そういうことを考えてはいけません。奴隷《どれい》に同情は禁物。かれらには責任も伝統もなく、法律をつくって、それを守ることもない。自分では食べ物や住居の心配などまったくしない。ただ言われたことをやるだけであって、難しいことはいっさいせずに、平穏《へいおん》無事に一生を終えるのです」

「じゃあ、動物は？」

「どんな動物です？」

「たとえば、剣闘士《けんとうし》と戦ったり、動物どうしで戦ったりするために、闘技場《とうぎじょう》に放たれる動物。たいてい最後は殺されてしまうけど、かれらは何も悪いことはしていない。どうして傷つけられなくちゃいけないの？」

先生はアウレリアの顔をまじまじと見た。

「なぜある種の生き物が苦しまねばならないか？　それは神々のご意志。自然の摂理《せつり》なのであります。自然界の理法に異議を唱えるというのは冒瀆《ぼうとく》にあたります。まさかお嬢《じょう》さまは、コロセウムの闘技《とうぎ》を皇帝《こうてい》の力を象徴《しょうちょう》するものとして民衆に見せつけ、かれらを楽しませようという、お父さまの権利に異議を唱えようというのではありますまいな？」

アウレリアはだまりこんだ。しかしべつの折りには、さらにこんなことも聞いてみた。

「キリスト教って、なんなの？　それを信じる者たちを殺さねばならないほど、何がそんなに危険なの？」

今度ばかりは、先生もお手上げだった。「いやはや、またどうしてそんな質問を？　キリスト教徒は、われわれの信じる神々など存在しないと思っている――われわれの神々をないがしろにして、万能の力を持つ唯一神《ゆいいっしん》が存在するとして、それを信仰《しんこう》しているのですよ。これ以上に悪質な異端《いたん》がどこにありますか？　ああもう、くだらないおしゃべりはたくさんです！　お嬢《じょう》さまも、こういうばかげた質問はおやめになって、われわれの神々について、しっかりお勉強なさいませ」先生は立てた人差し指を左右に振《ふ》ってアウレリアをたしなめる。「そんなことばっかりおっしゃっていると、お嬢《じょう》さまが、異端《いたん》思想の持ち主だと疑われてしまいますよ」

異端《いたん》思想。許されない考え。

自分がそういうことをしょっちゅう考えていて、知りたいことが山ほどあるのをアウレリアは自覚していた。そしてその事実は非常に恐《おそ》ろしく、考えまいとして、なんとか自分を抑《おさ》えてきたのだった。カエサルの娘《むすめ》といえども、もし皇帝《こうてい》を批判したと思われれば、それが公にならなくても、何かしら恐《おそ》ろしい罰《ばつ》を免《まぬか》れることはできない。

アウレリアはけだるげに立ちあがると、自分の部屋に面した中庭に出ていき、中央にある噴水《ふんすい》目ざして暑い戸外をゆっくりと歩きだした。噴水《ふんすい》のもたらす、たえまない水音とひんやりした空気に、いつでもアウレリアはなぐさめられた。噴水《ふんすい》の池には睡蓮《すいれん》が花を咲《さ》かせ、遠い異国から運ばれてきた、コイの泳ぐ影《かげ》が見える。アウレリアは手すりのそばにしゃがむと、すんだ水のなかにほてった手を差し入れてそっと動かし、噴水《ふんすい》の輝《かがや》きとしぶきで心を洗って真っ白にする。

大きなオレンジ色のコイが興味深げに、アウレリアの指を鼻でちょんちょんつついてきた。

そこでアウレリアは、自分で見つけた、ちょっとした遊びを試してみることにする。指を水の中でそっと揺《ゆ》らしていると、指のあいだをコイがすべって行ったり来たりし、そのうちそこにとどまって、尾《お》っぽだけをゆるゆると動かし始める。そうなったとき、ごくごく慎重《しんちょう》な手つきで、コイのつるつるした横腹をそっとなでるのだ。アウレリアはとことん意識を集中する。もしここですばやく、人差し指と親指をえらにつっこんだら、コイを水から引き上げることができる。その気になればつかまえて、命を絶つこともできる。どうしてわかるかというと、一度やってみたことがあるからだ。とらえた魚をしっかりつかんだまま水から出し、魚が手のなかでもがき、やがておとなしくなるのを感じていた……。そのあとアウレリアは嘔吐《おうと》した。死んだ魚を池にもどしたものの、腹を横にして水面に浮《う》かんでいるだけだった。やがて召《め》し使いがひとりやってきて処分した。

いまアウレリアは魚をしばらくくすぐってから、ふいに水から手を引き上げた。さっと逃《に》げていく魚を見まもりながら、指からまぶしい水滴《すいてき》をしたたらせている。

これが力だ。自分の手中に命を収めているということ。魚の命だって同じだ。そう考えるとぞくぞくした。しかしそれは邪悪《じゃあく》な力だと、頭のどこかでささやく声がある。特別な理由もないのに、その力があるからと言って、楽しみのために殺すのは悪なのだと。本当の力は、死の一撃《いちげき》を食い止めることであって、殺すことができるのに、あえて逃《に》がすことだと、おぼろげながらアウレリアにはわかっていた。

根《こん》を詰《つ》めて考えていたらつかれてきた。ため息をひとつつくと、昼寝《ひるね》をするために、長いすにもどっていく。

まだうとうとともしないうちに、侍女《じじょ》のひとりが大理石のタイルにやわらかな足音を立ててアウレリアのもとへやってきた。荒《あら》い息をして、顔が真っ赤になっている。

「お嬢《じょう》さま、ある人が会いにやってきました。その人——その人は贈《おく》り物を持ってまいったのです」侍女《じじょ》のようすが変だった。おびえた様子を見せながら、いまにも大声で笑いだしそうなほど興奮している。

アウレリアはさっと体を起こした。

「だれなの？」

「わかりません。しかし、お嬢《じょう》さまの偉大《いだい》なるお父さまから送りだされたと言っています」

「じゃあ、なかに入れてちょうだい」

「い——いいえ。お嬢《じょう》さま、わたしには無理です！　お嬢《じょう》さまが出て行かれて、その人が持ってきたものを、ご自身でごらんください。あんなものをここに入れるわけにはまいりません！」興奮して、甲高《かんだか》い声でくすくす笑っている。

アウレリアは侍女《じじょ》をそばに引き寄せて迫《せま》った。「教えなさい。それがなんなのか、いますぐ言いなさい」

「それが——その……」

「さあ、早く！　いったいなんなの？」

「トラです、お嬢《じょう》さま！」

アウレリアはわけがわからず、一瞬《いっしゅん》だまりこんだ。

「つまり、トラ皮の敷物《しきもの》ってことね」

「ちがいます」

「じゃあ、トラのぬいぐるみ」

「ちがうんです、お嬢《じょう》さま！　本物の、生きたトラです！　さあ、早く見てください！」

アウレリアは侍女《じじょ》を押《お》しのけると、カールした長い黒髪《くろかみ》を肩《かた》から払《はら》って立ち上がった。

胸の奥《おく》で心臓が激しく鼓動《こどう》する。本物の、生きたトラ？　まさか、あり得ない！　遠い国々から連れて来られる獣《けもの》たちは、その獰猛《どうもう》さで民をよろこばせる。なかでもトラは別格と言えるほどに強い。しかもアフリカではなく、どこか遠い東洋の地から連れてくるのだから、非常に貴重で、神々しさまで感じられる。そういうものを皇帝《こうてい》の宮殿《きゅうでん》に連れてくるような、大胆《だいたん》不敵な者などいるはずがない！　しかし侍女《じじょ》は、アウレリアの父親がそれを届けさせたと言う。プレゼントとして。

アウレリアはひんやりした床《ゆか》をすばやくかけぬけて、両開きの扉《とびら》を勢いよく開け放った。

なんと、本当だった。車輪付きの檻《おり》に、安全に閉じこめてある。それに、まだとても小さい。それに、これはまた、なんて――ああ、うまい言葉が見つからない！　美しくて、愛らしくて、堂々として。ああ、なんてかわいらしいの。

アウレリアはそれを運んできた人間には目もくれず、安全な距離《きょり》を置いて檻《おり》の前にしゃがむと、トラの子の黄色い眼をまじまじと覗《のぞ》きこんだ。

「こんにちは」そっと声をかけてみる。

トラの子は五秒ほどアウレリアの目を見返していた。それから、すっと顔をそむけた。体に比べてやけに大きな前足をひとつ、柵《さく》のあいだから突《つ》きだした。もちろん柵《さく》の間隔《かんかく》は狭《せま》いから、足全体を出すことはできず、ほんの先っぽだけを飛びださせている。アウレリアはありったけの勇気をふるって、そろそろと前へ出ていき、金色の毛皮に指一本で、ちょんと触《ふ》れた。トラは前足を引っこめ、檻《おり》の柵《さく》をたたいた。その瞬間《しゅんかん》、鉤爪《かぎづめ》が自動的に飛びだしたのを見て、アウレリアはあわてて手を引っこめた。

「ひっかこうとしたわ！」

「お嬢《じょう》さま、それはトラの本能なんです。しかし心配はご無用です。爪《つめ》はこちらで何とかしますので」

アウレリアはさっと顔を上げた。褐色《かっしょく》の肌《はだ》を持つ若い男。なめらかで隆々《りゅうりゅう》とした筋肉質の腕《うで》をしている。動物園で働く奴隷《どれい》だった。トゥニカ（首からかぶる、ひざ丈《たけ》のシンプルな衣服）の上に動物の革を着ているのが、その職業の印だった。

「何とかするって、いったいどうするの？」

「爪《つめ》を抜《ぬ》くことになるでしょう」

アウレリアは顔をしかめた。「抜《ぬ》く？」

「引っこ抜《ぬ》くんですよ、お嬢《じょう》さま」

一瞬《いっしゅん》アウレリアはめまいを起こしそうになった。両手を力一杯《ちからいっぱい》にぎって拳《こぶし》をかため、爪《つめ》を抜《ぬ》かれる、トラの子の痛みをわずかでも想像してみる。

「つまり、だれかがこのトラの爪《つめ》を全部引き抜《ぬ》くってこと？」

「そのとおりです。するどい爪《つめ》があっては、いっしょに遊ぶことはできません」

「どうやって？　どうやって抜《ぬ》くの？」

「お嬢《じょう》さまは、なにもご心配になる必要は――」

アウレリアは声を張り上げて命じる。「すぐに答えなさい。どうやってトラの爪《つめ》を……抜《ぬ》くんです？」

「やっとこで抜《ぬ》きます。歯を抜《ぬ》くのといっしょです」

アウレリアは立ち上がった。「そんなこと、させるものですか。切ればいいのよ。ほら、わたしの手や足の爪《つめ》を侍女《じじょ》が切ってくれるじゃない。それと同じで、まっすぐに切りそろえれば危険はないわ」

「それでもやはり――」

「いいえ、もう決めたわ。このトラはわたしのもの、そうでしょ？　この子をどうするかは、わたしの一存で決めるわ」

若い飼育係は頭を下げた。それでも何やらぶつぶつ言っている。

「大きな声で言いなさい！」

「檻《おり》に入れたまま、お嬢《じょう》さまのおそばに置くのはかまいません。しかし、いっしょに遊ぶとなると、危険からお守りするために、こちらの言うことを聞いてもらいませんと。いまはまだ、ほんの赤《あか》ん坊《ぼう》ですが、もう猫《ねこ》のように、かんだり引っかいたりもできるんです」

若者はそこで、自分のうでに深く刻まれた赤い傷をいくつか見せる。アウレリアははっと息を呑《の》んだ。「さらに、あともう少し大きくなれば、爪《つめ》を抜《ぬ》いたところで、お嬢《じょう》さまに危険が及《およ》びかねません。牙《きば》のほうは――」若者は一瞬《いっしゅん》ためらってから、思い切って口にする。「すでに抜《ぬ》いてあります」

「なんですって！」アウレリアが声を張り上げた。「先に歯を抜《ぬ》いてしまったのね！じゃあ、どうやって食べるの？」

「心配すべきはトラの食べ方ではなく」若者はユーモアをまじえた口調で言う。「お嬢《じょう》さまが食べられないようにすることです」

アウレリアはトラの子に目をもどした。トラの子はまたこちらを見ていた。

「もし檻《おり》のなかに手を入れたら、かみつこうとするかしら？」

「いいえ。こちらで仕こんで、ならしてありますから。それにいまは長旅でつかれていますし、歯を抜《ぬ》いたばかりですから、あまり気を荒《あ》らげてもいないでしょう。このトラを気に入っていただけましたか？」

「ええ、気に入ったわ」アウレリアは言って、トラの子をほれぼれと見つめる。これが自分のものになる。だれのものでもない自分のトラ。アウレリアはそこでまたちらっと若者のうでに目をむけた。なめらかな褐色《かっしょく》の肌《はだ》についた傷に、一瞬《いっしゅん》心がおじけづくものの、すぐに気を強く張る。檻《おり》の前にまたしゃがむと、柵《さく》の細いすきまから、小さな手を立てるようにして慎重《しんちょう》に差し入れ、ふた色に分かれたトラの頭に近づけていく。トラの耳が動き、頭にぺたんと伏《ふ》せられた。喉《のど》の奥《おく》から低い声でうなる。アウレリアはまたあわてて手を引っこめた。

若い飼育係は声を上げて笑った。檻《おり》のてっぺんについた留め金をはずし、ふたを持ち上げる。それから臆《おく》することなくトラに手を伸《の》ばして、耳の後ろをかいてやった。トラは信《しん》頼《らい》しきったようすで若者の顔を見あげている。

「痛い思いをさせたのに、どうしてあなたを信頼《しんらい》しているのかしら？　牙《きば》を抜《ぬ》かれるなんて、ものすごく痛かったにちがいないわ」

「牙《きば》は別の者が抜《ぬ》きました。わたしはそのあとで、なぐさめる役をしたんです。クローブ油を傷にすりこんでやって、瓶《びん》に入れたミルクを飲ませて、母親を思いださせるようにしました」

「お母さんは、どこ?」

「それはわかりません。きっとこの子がやってきた遠いジャングルでしょう。もう二度と母親には会えない」若者はトラの頭をぽんぽんとたたく。やさしくなでてやり、あごの下もかいてやる。トラは目を閉じて、うっとりする顔になっている。そうしてさっきとはちがう声を出している——よろこんでゴロゴロ喉《のど》を鳴らしているのだ。

アウレリアが立ち上がった。「ねえ、やらせて! うなるのはやめて欲しいんだけど」

「大丈夫《だいじょうぶ》ですよ。さあ、わたしと交代しましょう。すぐに受け入れてくれますよ」

トラの子の毛皮はなんとも心地いい——この上なくやわらかく、絹のようになめらかで、こっくりした金色と濃《こ》い黒色の取り合わせがたまらなく美しい。最初はおずおずとなでていたアウレリアも徐々《じょじょ》に大胆《だいたん》になって、指先を深く沈《しず》めて、力をこめてかいてやる。するとトラは大きな猫《ねこ》のように、ゴロゴロ喉《のど》を鳴らし続けるものだから、アウレリアもうれしくてたまらない。まもなく両手をつかってトラをよろこばせるようになった。魚をなでるのより、よっぽど楽しい！

　飼育係は話し続ける。

「このトラは、お父さまからのプレゼントです。二頭でこちらにやってきまして、体が大きくて力も強いほうは、コロセウムで闘技《とうぎ》用に飼育されています。こちらは、お嬢《じょう》さまのペット用に、皇帝《こうてい》自らお選びになりました」

　アウレリアは両手を引っこめて立ち上がり、上からトラの子を見下ろした。いまでは相手も、黄色い眼でアウレリアを追っている。

「いつも檻《おり》に閉じこめておかなくちゃいけないのかしら？　もしそうだったら、いらないわ」

「お望みなら、いま外に出すこともできます。お行儀《ぎょうぎ》よくできるかどうか、見てみましょう。わたしがそばにいるあいだは、何も悪さはしないと思います」

　アウレリアがごくりとつばを飲んでからうなずくと、若者は手を伸《の》ばしてトラを檻《おり》のなかから持ち上げた。そのあいだずっと舌を鳴らしたり、低い声で何やら話しかけたりしている。それから、かわいくてたまらないというように胸に抱《だ》きしめた。そのふわふわした愛らしい動物を自分も抱《だ》っこしたくてたまらず、アウレリアはうずうずしながらうでを伸《の》ばしている。

「さあ、いい子だ。おまえは運がいいぞ。ほうら、ご主人さまだ！　少々痛い思いはしたが、こんな美しいお嬢《じょう》さまに可愛がられるんだからな。アニキより、ずっといい！」そう言うと飼育係はトラを床《ゆか》に下ろした。トラの子は肉球のある足で大理石の床《ゆか》に立ち、その場でしっぽを左右に振《ふ》っている。

「人間の言葉がわかるの？」

「いいえ。でも話しかけることで、落ち着くんです。いっぱい話しかけてやってください。そうして、トラの言葉を覚えてください」

「トラが話すの？」アウレリアがおずおずと聞いた。

飼育係がにっこり笑う。「トラにはトラの話し方があるんです。ほら、しっぽを見てください。床《ゆか》にたたきつけるようにして左右に振《ふ》っているときは、こちらも気をつけないといけません。それはつまり、〝怒《おこ》ってるんだ、飛びつくぞ！〟という意味なんです。でも、いまの振《ふ》り方だと、ただとまどっている——好奇心《こうきしん》があるのでしょう」

「だめ、だめ！　なんて言っているのか、正確に教えてちょうだい！」

「そうですか、ならば――〝ぼく、自分がどこにいるのかも、何が起きたのかもわからないんだ。安心させてよ。やさしくして。何も怖《こわ》いことはないって言ってよ〟」

「まあ！　そうだったのね！」アウレリアはすっかり魅了《みりょう》され、床《ゆか》に両ひざをついて、トラの子にむかって両うでを差しだした。「わたしのところへ、いらっしゃい。傷つけたりしないから。もう大好きになっちゃったの。さあ、こちらへ来て、なでさせて！」けれどもトラの子はその場につったっているばかりで、いっこうに近づいてこない。アウレリアは若い飼育係に助けを求めるように目をむける。「なんて言えば、こっちに来てくれるのかしら？」

「何も言う必要はありません。プレゼントをあげればいいんです」

「えっ？　どんなもの？」

飼育係は背中にしょっていたかごをあけて、なかから小さな生肉をひときれ取りだした。

「お手を汚《よご》すのは、おいやですか？」

アウレリアはためらったが、それもほんの一瞬《いっしゅん》だった。「いいえ！　わたしによこして！」

　飼育係が肉を手渡《てわた》した。アウレリアの準備もととのわないうちに、もうトラの子は前に飛びだしてきて、アウレリアの手から肉をひったくった。アウレリアは驚《おどろ》くあまり大きな悲鳴をあげて、後ろにひっくりかえってしまった。トラの子はあっというまに飼育係に首をつかまれ、縮み上がっていた。しかしアウレリアはすぐに身を起こした。「いいのよ、わたしを怖《こわ》がらせるつもりはなかったんだから。放してやって」

　飼育係はアウレリアに従った。トラの子は床《ゆか》に伏《ふ》せって肉をくちゃくちゃかみ始めた。そうしながら、時々頭を左右に振《ふ》っている。

「なんで、頭を振《ふ》ってるの？」

「なぜ以前のようには食べられないのか、わかっていないのでしょう。それにまだ少々痛むんだと思います」

　アウレリアはそろそろとトラの子に近づいていく。

「お嬢《じょう》さま、おやめください」飼育係が言う。「食べている最中にお手をふれませんように。また新たなえさがやってきたと――」途中《とちゅう》まで言いかけて、これはまずいと思い直す。「見てください、耳を後ろに寄せています。これは〝ぼくのえさを取らないで！〟と言っているんです。お腹がいっぱいになれば、肉をくれたのはお嬢《じょう》さまだったと思いだすことでしょう。そうしてあなたの手についた血のにおいを嗅《か》ぎつけて、それをなめにやってくる。そうしているうちに、あなたがどういう人なのか、彼《かれ》にもわかってくる。そこはネコと同じです。えさをくれる人を好きになる」

「わたしは、えさなしで愛されたいわ」

「それはお望みにならないほうがよろしいでしょう。このトラは、お嬢《じょう》さまの遊び相手にはなりますが、お嬢《じょう》さまを愛するということはありません。ネコと同じで、人を愛することはできない。ネコどうしなら話はべつですが。しかし優しくしてやって、相手の言葉を覚えれば、友だちにはなれる。それでも人間と動物の壁《かべ》は越《こ》えられません」

アウレリアは薄手《うすで》のローブのすそを広げて床《ゆか》にすわり、トラの子が肉を食べるようすをじっと観察し、食べ終わるまで微動《びどう》だにしない。そのうちトラがほおひげをなめだすのを見て、アウレリアは言った。「いつもわたしのそばに置いておけるの？　わたしのベッドで寝《ね》かせてもいい？」

　飼育係は首を横に振《ふ》った。

「お嬢《じょう》さまがトラと遊ぶときには、いつもわたしがそばにいることになります。それが終わるとまた檻《おり》にもどして、寝場所《ねばしょ》のある動物園へ連れて帰ります。しかし、このトラは間《ま》違《ちが》いなく、お嬢《じょう》さまに会うのを楽しみにする。檻《おり》から出て、あなたの手から食べ物をもらって、あなたになでてもらって、自由に歩き回れる時間を待ち遠しく思うでしょう。それを繰《く》りかえしているうちに、本当にあなたのペットになりますよ」

「名前はあるの？」

「わたしは、トーラと呼んでいます」

「そのまんまじゃないの！　それじゃあ、つまらない」

「では、お嬢《じょう》さま、もっといい名前をお考えください」

　アウレリアは長いことトラの子をじっと見ていた。トラの子もアウレリアを見返していたが、手をなめに近づいてくることはなかった。アウレリアは手に付いた血を床《ゆか》になすりつけた。

「今晩じっくり考えるわ」とアウレリア。

飼育係は腰《こし》を曲げて、トラの子を抱《だ》きあげた。「そろそろ連れて帰ります」

「キスをしてもいい?」

飼育係はそれとわからないようにトラの子に笑みをむけて、心のなかで思っている
——おまえはなんて運のいいやつだ。「ええ、もちろんです」

アウレリアは近寄っていって、トラの子の頭にキスをし、痛む顔にそっと手をふれた。

「さようなら、おちびさん。明日ここにやってきたときに、名前をつけてあげるわね」

飼育係はトラの子を檻《おり》に入れ、車輪を転がして去って行く。そうしながら、どうしてもがまんできず、一度だけアウレリアを振《ふ》り返った。しかし、むこうは気づかない。アウレリアの心はトラを——自分のトラを——追いかけていて、頭のなかは、それに名をつけるという心踊《おど》る仕事でいっぱいなのだ。

「あなたの名前は?」アウレリアが飼育係の背中に呼びかけた。

「ユリウスです」

「早く来てね、ユリウス!」

「よろこんで！」そう言ったあとで飼育係は心のなかで思う。それほど早く会いたい相手が、ぼくだったらどれだけいいいか！

3 名づけ

年が若く、体も小さい、まだ名前のない子どものトラは、市内の動物園でその夜を過ごした。そこがこれから彼《かれ》の住む場所になる。檻《おり》のなかには自分しかいない。

何もかもが生まれて初めての経験でとまどうばかりだった。知らない物事で頭がはちきれそうになっている。牙《きば》を抜《ぬ》かれるという恐《おそ》ろしい経験をしたものの、しだいに痛みは消えていって、それといっしょに、つらい恐怖《きょうふ》の記憶《きおく》も薄《うす》れていった。子トラは二本足のオスがなぐさめてくれたことを思いだす。心地よい声を出して、ミルクを吸わせてくれた。それでぼんやりと母さんのことを思いだしもした。二本足すべてが恐《おそ》れるものではなく、見つけたらすぐ飛びかかって食べるものでもないと、それでわかった。たしかに肉にはちがいないが、単なるえさではない。力があって、おかしなところがあって、怖《こわ》いと思うこともあるが、それと同時に、うれしいこともしてくれる。ぼくの眼をじっと覗《のぞ》きこんできた、あのメスの二本足。肉をもらったあと、ほんとうは近づいていって手をなめたかった。また耳をかいて、なでてもらいたかった。敵だという気はしなかったけれど、でも本当のところはよくわからない。とにかく、ああいう二本足を見るのは生まれて初めてだ。子トラはそんなことを思っている。

さて、彼《かれ》の兄はどこにいるのか？

これが一番重要な問題だった。

生まれたときから、ずっといっしょだった二頭が、いまははなればなれで、まったくのひとりぼっちになってしまった。闇《やみ》のなか、身をよせあって体を温め合える、気持ちの通じる相手はなく、なじんだにおいもしない。

そうして、悲しくて、痛くて、さみしいばかりの眠《ねむ》りにつくのだった。

しかし朝になると、状況《じょうきょう》は良くなっている。あのオスの二本足がやってきて、口から音を出して、かわいがってくれる。ほかの二本足もいっしょにきたけれど、トラの子はいつも自分の世話をしてくれる二本足にしか眼をむけない。

「おいトーラ、今日はおまえにとって、つらい一日になるはずだったんだぞ。なのにあの人が、それはしてはならないと言った。それで、かわりにべつの物を持ってきてやった。これがあれば、われをわすれて、あの人に悪さをしたりできないからな！」二本足が檻《おり》のなかに手を入れて、腹をなでてきた。トラの子は反射的にごろんとあおむけに転がり、大きな足を四本、宙に持ち上げた。いったい何が始まったのか、理解できないうちに、全部の足に何かがするりと巻きついて、鉤爪《かぎづめ》をおおった。

トラの子はすばやく横転すると、さっと立ち上がり、自分の体に新たにくっついた物のにおいをかいだ。気に入らなかった。歯でかみついて引きはがそうとするものの、それができない。ぴっちり足にとりついていて、引き裂《さ》くにはかたすぎた。

ごろんと転がって、それをこすってみたり、かんでみたり。何をしてもむだだった。二本足はただじっと見ていて、ときどき耳をかいてくれるだけだ。

「なれるしかないんだ。おまえはこれから、長靴《ながぐつ》をはいたトラだ。ちゃんとした礼儀《れいぎ》を覚えるまでのあいだ、ずっとそいつをはいてなきゃいけない。おまえのことを信用して大丈夫《だいじょうぶ》だとなるまではな」

「そんな日が、本当に来ればの話だぜ！」ほかの二本足が言った。

しかしトラの子にわかるのは、足の下にある地面を正しく感じ取れず、そこから必要な情報を得ることができないということだ。爪《つめ》がつかえなくなっていることは、このときはまだ知らなかった。しかし、えさの時間になって肉が持ってこられたときに、それがわかった。いつもなら肉を鉤爪《かぎづめ》で押《お》さえておいて、一口分ずつ歯で食いちぎって食べる。ところが、この肉は小さく切ってあった。まだあごが痛んで、ちゃんとかめないためにそうしてあるのだということは、トラの子にはわからない。わかるのは、それを足でつかむことができず、引き裂《さ》くこともできないということ……。もはや完全な体ではなく、以前の自分とはちがってしまった。それまでにできたことが、もうできない。できないようにされた。自分は弱くなったと、そう思うだけだった。


アウレリアのところへ連れていかれるとき、トラの子は怒《おこ》っていた。

アウレリアはトラの子を見るなり、声をはりあげた。

「まあ、見て！　靴《くつ》をはいてる！」

「ええ、お嬢《じょう》さま。皇帝《こうてい》からの命令です。お嬢《じょう》さまに、爪《つめ》を抜《ぬ》くのは禁じられたと申し上げたら、こうするようにと、おっしゃって」

アウレリアはうれしそうにはねまわっている。

「結局名前は考えられなかったんだけど、いま、思いついたわ！　ブーッ！　これからはブーッって呼ぶことにする！」

ブーッは、自分が名前をつけられたこともわからないまま、アウレリアをまじまじと見ている。メスの二本足が回転してクジャクのようになったものだから、驚《おどろ》いているのだ。しっぽはないけれど、それに似たものは持っていて、回転すると、それがきらきら輝《かがや》きながら大きく広がる。口から出す音もクジャクのように甲高《かんだか》い。しかしトラの子の眼には、回転しないときのアウレリアは大きなサルのようにしか見えない。おいしそうなにおいのするサルで、オスほど強くないのは、なんとなくわかっていた。食べてみたい気もする。しかしそれはオスの二本足がいないときにかぎられる。もしいれば、首をつかまれて、やめさせられるのがわかっていた。

しかし、体の大きいオスの二本足はいなくならない。いつもいっしょにいた。

そのオスの手で、トラの子は檻《おり》から出された。トラの子は二本足に体をかかえられるのが好きだった。すごく安心できるからだ。食べもののにおいを嗅《か》ぎながら、その食べ物のすぐそばにいるのが好きだというのは、妙《みょう》なことではあった。おかしなものを足にくくりつけられたのだから、依然《いぜん》として胸に怒《いか》りはあった。けれども、オスの二本足にかみついても、いい結果は得られないこともわかってきた。ふしぎなことに、いまはもう、かみつきたいとも思わなくなっていた。

その日は遊ぶことも覚えた。

もちろん、以前にも兄と遊んだことはある。しかしそれはずいぶん前のことだった。真《ま》っ暗闇《くらやみ》で始終揺《ゆ》れていた、あのつらい時期には遊ぶどころではなく、ただもう恐《おそ》ろしく、わびしい気持ちでいた。それがいま、地面を転がってくるものを追いかける楽しさを思いだした。それをつかまえて、それといっしょにとびはねて、空中で倒して、前足で打って遠くへ飛ばす。トラの子はもう靴《くつ》をはかされていることも忘れて夢中だった。

メスの二本足は口からクジャクの鳴き声のような音を出し、走り回ると、木の葉に雨が落ちてくるような音がした。そうして自分の前でしゃがむと、同じひびきの音を何度も何度も口から出した――「ブーッ！　ブーッ！」そばに来いと言っているのだろうと、なんとなくわかり、実際そうしたい気分だった。それでもためらっていると、オスの二本足に抱《だ》きあげられて、メスの二本足のすぐそばに下ろされた。おいしそうなにおいが鼻をくすぐる。かゆいところをかいてくれ、あちこちなでてくれる。そうしていると、なんだかうずうずしてきて、思わずごろんと仰《あお》むけになった。胸の奥《おく》からゴロゴロという低い音が自然にもれてくる。そうしながら、ざらついた舌と、あったかい横腹と、吸いつくと甘《あま》い液が口いっぱいに広がる乳首のことを、ぼんやり思いだしている。トラの子は、兄のことも忘れてはいなかった。

兄もまた、弟のことを忘れてはいなかった。

弟より体が大きく力も強い兄は、弟のように、陽光の降り注ぐ心地よい場所で、やさしくて、よく笑うメスの二本足に小さな肉のかたまりを食べさせてもらってはいなかった。彼《かれ》はいま、暗くて、臭《くさ》くて、狭苦《せまくる》しい、地下にいた。

そこが地上でないことはトラの子にもわかっていた。なぜなら、檻《おり》に入れられて、寒く暗い場所に通じる長い階段を下ろされてきたからだ。そのあいだずっと、歯をむきだしてうなり、自分を運んでいる二本足たちの体を、檻《おり》の柵《さく》のあいだから引き裂《さ》いてやろうと頑張《がんば》ったが、結局むだに終わった。やがて檻《おり》から出るときがやってきた。檻《おり》の柵《さく》がするすると上がっていくと、トラの子はひとっ飛びで外に飛びだした。しかしそこも冷たい黒い石に囲まれていて、それ以上先へ進めなかった。

何がなんだかわからず、腹が立つやら、いらいらするやら。胃のなかをかきまわされたように、苦い汁《しる》が上がってきて口のなかに広がる。自分を閉じこめている壁《かべ》を力いっぱいひっかいた。びくともしない。

むだだとわかってやめた。それから壁《かべ》に前足をついて、首を長く伸《の》ばしてみるものの、何も見えない。

生まれてからこのかた、これほど強い孤独《こどく》を感じたのは初めてだった。いまのいままで、完全なひとりぼっちになったことはなかった。トラの子は悲しくなって、哀《あわ》れっぽい声で鳴いた。

と、荒々《あらあら》しい声がとどろいた。「静かにしやがれ、こん畜生《ちくしょう》が。でないともっと鳴くことになるぞ!」何を言っているのかはわからないが、脅《おど》されているのは明らかだった。トラの子は恐《おそ》ろしさのあまり、おしっこをもらした。それから隅《すみ》のほうへ移動して、冷たい壁《かべ》に体を押《お》しつけて横になった。

眠《ねむ》れない。神経が高ぶっているのだ。全身の毛が逆立って、体がぶるぶるふるえる。あの声にはなにやら恐《おそ》ろしいひびきがあって、トラの子は不安でたまらない。

それから数日のあいだ、二本足は一頭も近づいてこなかった。どこか遠くでひびく、怒《ど》鳴《な》り声だけが聞こえている。えさの肉は、長いさおの先っぽに載《の》せて正面の格子のあいだから差し入れられる。トラの子はその肉を爪《つめ》でひっかいて、ぐしゃぐしゃにかむ。日が経つにつれて調子が落ちてくる。みじめさが身にしみて、何をする気にもなれない。

二日間、何もたべない日が続いた。それから、いたぶりが始まった。

二本足が一頭、暗い場所に入ってきて、遠くで聞こえていたのと同じ怒《ど》鳴《な》り声をひびかせる。それでトラの子は、何かよくないことが起きるにちがいないと感づいた。弟とちがって、こちらのトラは、二本足から優しくされたことは一度もなかった。それだから二本足というのは、えさと恐怖《きょうふ》をもたらす、万能の動物と見なしていた。

今度の二本足は非常に体が大きく、恐《おそ》ろしげだ。その場にぬっと立って、トラの子が寝《ね》場所《ばしょ》と定めたところに寝《ね》そべっているのを見下ろしている。何をされるかわからないものの、それはきっと恐《おそ》ろしいことで、逃《に》げようがないこともわかっていたから、トラの子は前足に頭を載《の》せて休みながらも、警戒《けいかい》して一瞬《いっしゅん》も気をゆるめないでいる。

「さあ、立て」二本足がうなった。喉《のど》の奥《おく》深くからひびく、トラのうなりと同じだった。言葉の意味はわからないものの、この声のひびきで、トラの子はほぼ理解した。相手は自分を脅《おど》しているのだ。だったら取り合わないのが一番だと、そのまま動かずにいる。

男は何かするどい物を持ってきて、それでトラの子を突《つ》っついた。

トラの子は頭を上げ、自分を傷つけようとするものにかみついた。しかし、かみついたときにはそれが消えていた。

「立ち上がれ」二本足がまたうなった。

依然《いぜん》として動かずにいると、また突《つ》っつかれた。今度はするどい切っ先が毛皮の奥までぶすりと刺《さ》さった。トラの子は痛さに飛び上がって歯をむきだし、鉤爪《かぎづめ》を伸《の》ばしてそれを払《はら》いのけた。ひっこんだと思ったら、また飛びだしてきて突《つ》っつかれ、つかんでやろうと手を伸《の》ばしたそばから、またさっとひっこんでしまう。

トラの子の怒《いか》りが頂点に達した。身を低く伏《ふ》せて、自分をいたぶるものに飛びかかる準備をする。しかし、相手はちょこちょこ連続して突《つ》いてきて、トラの子は飛びかかろうにも飛びかかれずにいる。

「どうした、おめえはブタの子か？　こぎたねえツラしやがって弱虫とくりゃあ、どうしようもねえな。そら、かかってこい！　何を待ってやがる？」おどしてはからかい、おどしてはからかいする声に、トラの子は挑発《ちょうはつ》される。が、むかっていこうとすると必ず突《つ》っつかれて、それ以上前に進めない。ついにがまんも限界に来た。するどい棒の先も眼に入らないほど強い怒《いか》りにかられて、トラの子は大きく飛びあがり、満身の力でそれにむかっていった。刺《さ》さりはしなかった。二本足が脇《わき》に飛びのき、トラの子が地面に着地したときには、もうそれは消えていた。

「よし、よくできた。おまえはこれから、こうやって学んでいくんだ」

二本足はトラの子に肉をひときれやって、またいなくなった。

そうか。飛びあがればいいんだ。飛びあがってしまえば、あのするどい棒の先に傷つけられることもない。飛び上がらなかった場合だけ、あれに刺《さ》されて痛い目に遭《あ》うのだ。飛び上がれば、肉をもらえる。

こうしてトラの子は訓練を受けながら、自分の運命にむかう準備をととのえていく。

長靴《ながぐつ》をはいたトラ、ブーツが初お目見えしてから数日後、アウレリアの両親が娘《むすめ》に会いに来た。

皇帝《こうてい》と皇后がいっしょに娘《むすめ》のもとを訪れるのは、めったにないことだった。皇帝《こうてい》は非常に忙《いそが》しく、これまで末っ子（アウレリアには兄がふたりいて、ともに軍隊に入っていて遠方にいる）に割ける時間はほとんどなかった。だからといって娘《むすめ》をないがしろにしているわけではない。アウレリアはカエサルの人生を飾《かざ》る花。跡継《あとつ》ぎとして必須《ひっす》だが非常に手のかかる、かわいいとは言えない息子ふたりを育てたあとのよろこばしいほうびだった。そろそろ一人前の女性になろうというこの時期、父親としてやらねばならないことがあるとわかってはいるものの、細々《こまごま》したことはすべて妻まかせだった。

そんななか、ふつうではあり得ない、大胆《だいたん》なプレゼントを娘《むすめ》に贈《おく》ったわけだが、これについては妻に猛反対《もうはんたい》された。

「お気はたしかですか、あなた?」はなから毒づかれた。「野生の獣《けもの》ですよ! 危険に過ぎます!」

「命令を与《あた》えてある。危険がないようにとな」

「しかし危険はゼロではありません。なぜあえてそのようなものを娘《むすめ》に与《あた》えるのですか?」

妻は顔面も蒼白《そうはく》に、拳《こぶし》を握《にぎ》って夫に食ってかかった。息子ふたりには、近寄ることも許されなかった母親に、ようやく授かった娘《むすめ》。宝物のように思っていても不思議ではない。

カエサルは妻を自分の隣《となり》に引き寄せ、握《にぎ》り拳《こぶし》をひらかせた。

「娘《むすめ》もまた、息子たち同様、皇帝《こうてい》の子どもだ。勇気ある、誇《ほこ》り高い人間でなければならない。かごの小鳥や金魚と遊ばせるのでは、あまりにふがいない。女であっても、意気地を見せる必要があるのだ。娘《むすめ》はトラに優しさを教え、トラは娘《むすめ》に強く生きることを教える」

妻は夫の顔をまじまじと見た。夫が何を考えているかは容易に想像がつく。アウレリアの隣《となり》にトラをはべらせて馬車に乗せ、市中のあちこちを回らせようというのだろう。トラの頭に手を載《の》せているアウレリアを見れば、民は驚《おどろ》いて目をみはる。「ごらん！　カエサルの娘《むすめ》がトラといっしょに馬車に乗ってる！　少しも恐《おそ》れる様子がない！」

トラを贈《おく》ってから数日のあいだ、カエサルはふだん以上に娘《むすめ》のことを気に掛《か》けていた。アウレリアはどう反応しただろう？　こんなものはいらないと、断ったかもしれない。なにしろ意志の強い子だ。そもそも、若い娘《むすめ》の多くは野獣《やじゅう》をペットにしたいとは思わない。こちらの期待どおり娘《むすめ》が堂々と受け取ってくれたかどうか、カエサルにはそれを知る必要があった。

爪《つめ》を抜《ぬ》くのに娘《むすめ》が反対したと聞いたときには不安になり、やはりあいつもただの女だったかと危ぶみもした。しかしそこで飼育係が解決策をもたらした。革の巾着《きんちゃく》でトラの子の足をくるめば、お嬢《じょう》さまに危険は及《およ》びませんと。なんたる名案！　じつに素晴らしい。それでカエサルはその奴隷《どれい》に、硬貨《こうか》を入れた財布をほうびとして与《あた》えたのだった。

今日カエサルは元老院の仕事を一時間ほどはなれて、毎朝決まって娘《むすめ》を訪れる妻につきそうことにした。娘《むすめ》と娘《むすめ》の新しい相棒を見に行こうというのだ。つきそいはもうひとりいて、こちらはアウレリアの乳母《うば》を務めていた中年女性。いまは仕事を引退して宮殿《きゅうでん》に暮らし、だれもそんな権限は与《あた》えていないのに、ずいぶん偉《えら》そうにふるまっている。この乳母《うば》は完全に妻の味方だった。

「とんでもないことですよ、陛下。言語道断です！　若い娘《むすめ》に猛獣《もうじゅう》をペットとして与《あた》える親がどこにいるでしょう？　ああいう動物を神々がおつくりになったのは、敷物《しきもの》や壁《かべ》掛《か》けにするためであって、遊び相手ではございません！」

カエサルは取り合わずに無言でいる。アウレリアが生まれて乳母《うば》に任命されてからというもの、この女は宮殿《きゅうでん》にがんと居すわって、あれこれと口だしをし、批判までする。カエサルはもうほとんど聞いておらず、めざす前方の中庭に、そわそわと目を走らせている。

おお、いたいた。早くもふたりしてはしゃぎまわっている。革の防御靴《ぼうぎょぐつ》をはいたトラの子がしゃがんでおり、毛皮のしましま模様が陽光を浴びて一層くっきりと輝《かがや》いている。ぐっと伸《の》ばした前足の上に頭を載《の》せ、高く持ち上げた尻《しり》を揺《ゆ》すりながら、アウレリアが床《ゆか》の上で動かす、先端《せんたん》に房《ふさ》のついた棒を一心に見つめている。左、右と、尻《しり》を二度振《ふ》った次の瞬間《しゅんかん》、トラの子が高く飛びあがった。アウレリアが棒をさっと引っこめる。トラの子はまたしゃがんで尻《しり》を振《ふ》り、もう一度飛びかかった。今度は爪《つめ》の出せない前足で棒をとらえ、あっというまに房《ふさ》を食いちぎって宙に散らした。

張りだした屋根のかげに、若い男が立っている。トラの子から片時も目をはなさない。

「あの若い男はなんですか？」乳母《うば》が聞く。

「飼育係に決まっている」

「お嬢《じょう》さまとふたりきりになるのを、陛下はお許しになったのですか？」とげのある口調で乳母《うば》が言う。

「ああ、そうだ」カエサルはいらだたしげに答えた。「何がいけない？　あのトラが安全確実だとわかるまでは、そばにいる人間が必要だ。いずれにしろ、ふたりきりではない。娘《むすめ》付きの使用人が全員そばに控《ひか》えているのだから」

それは事実とは少しちがった。アウレリアの側近――ほとんどが女――は身をひそめていた。アウレリアは怖《こわ》がらなくても、使用人たちはみなブーツを恐《おそ》れており、何か事が起きても、まったく役に立たない。皇后はそれを察知したのだろう、急に不安になってこう言った。

「衛兵を配置しましょう。あんな子どもではなく。もっと年のいった兵に武器を持たせて」

カエサルは少し考える。まったくおそれることなくトラの子を追いまわし、おもちゃを取り返そうとしている娘《むすめ》。それが誇《ほこ》らしく、皇帝《こうてい》は満足げに見つめている。アウレリアはトラの子の口もとまで両手を持っていって、棒をつかんでひっぱっている。トラの子がふざけてうなり声を上げ、ブーツをはいた大きな両足を地面にふんばっていても平気なようすだ。

「おまえの好きにするがよい。必要な命令を下しなさい。当然ながら、用心に越《こ》したことはないからな」

「あらゆる面で」乳母《うば》が言い添《そ》えた。その目は、若い飼育係の、筋肉隆々《りゅうりゅう》の胴体《どうたい》とブロンズ色に光るハンサムな顔を見すえている。

カエサルは日かげから日差しの下に出ていった。アウレリアが父を認めてかけよってきた。背をむけられたとたん、トラの子はアウレリアを追いかけたが、すかさず飛びだしてきた若い飼育係に首を押《お》さえられた。

「パパ！　ありがとう！　すごく素敵なプレゼント。大好きになっちゃった！」

「怖《こわ》くはないのか？」

「ちっとも！」アウレリアは父親のうでに抱《だ》かれたまま後ろをふりかえった。「ほら見て見て、すごくかわいいでしょ！　それでね、ブーツって名前をつけたの。どう、この名前？」

カエサルは声を上げて笑った。「ぴったりの名前だ」

乳母《うば》は鼻を鳴らし、うで組みをしてぼそりと言った。「ばかな。相手はトラですよ」

「いやだ。そんなこと言わないで。ほら、こっちへ来て、なでてやって」

「わたしはけっこうです。ほかの人間はだまされても、わたしだけは、そうはいきませんよ」

「陛下、ひと言申し上げてよろしいでしょうか？」飼育係がお辞儀《じぎ》をしてから、カエサルに声をかけた。

「ああ、なんだ？」

「トラの子に首輪が必要でございます」

「そう！　そうよ！」アウレリアが歓声《かんせい》をあげた。「宝石をちりばめた、美しい首輪がいいわ！　それと引き綱《づな》もいっしょに！」

「お安いご用だ」カエサルが両手を打ち合わせると、いつでも皇帝《こうてい》の命令に従えるよう控《ひか》えている奴隷《どれい》のひとりがかけよってきた。

「娘《むすめ》のトラに首輪を。望みどおり、宝石をちりばめたものを。革製品の店に注文するといい。それから引き綱《づな》も。これは金箔《きんぱく》で装飾《そうしょく》を施《ほどこ》してくれ」カエサルはアウレリアをひしと抱《だ》きしめた。娘《むすめ》が雄々《おお》しくも、自分のプレゼントを受け取った。それが誇《ほこ》らしくてたまらず、よろこびを隠《かく》しきれなかった。

　皇后はそんなふたりを警戒《けいかい》の目で見ている。皇后の目に映るトラの子は、もはや大きくて、危険きわまりないものだった。皇帝《こうてい》は、この上なく愚《おろ》かな選択《せんたく》をした。皇后の考えは依然《いぜん》として揺《ゆ》らがず、乳母《うば》と不安な目を見交わしている。

　しかし衛兵を配置する以外、皇后にできることは何もなかった。

4 弟と兄

「ブーツか！　なるほどね、ばかげた名前がぴったりだ！　こいつはトラじゃない！　子ネコだ。さあ、さあ、子ネコちゃーん！　ほーら、いい子だねえ、こっち、こっち！　アウレリアとネコちゃんゲームをして遊ぼう！」

アウレリアが目をすうっと細めた。いまにも怒《いか》りを爆発《ばくはつ》させそうだ。

ほとんど義務で「友だち」をもてなしている最中だった。といっても本当は友だちなんかじゃない。どうしようもなく退屈《たいくつ》で、やっかいきわまりない相手だった。十歳《さい》のマルクスは、アウレリアの従兄弟《いとこ》だった。

「ふざけるのはやめて」きっぱりと命じる。マルクスが床《ゆか》の上で指をくねくね動かし、大きなクモが逃《に》げていくように見せかけているのに、ブーツが興味を示したとわかったからだ。

「いいじゃないか。ふざけてるって言うんなら、アウレリアだってそうだ」とマルクス。

「いったいこいつに何をしたんだい？　こんなんで野生の動物だなんて言えるかい？　アウレリアの飼ってる、おばかな鳥とおんなじぐらい弱っちい。ほらピーチクパーチク、ブーチーちゃん。ほうら、クモをつかまえろ！」トラの子は言われるままに、「クモ」に飛びかかり、それに歯を沈《しず》めた。しかし強くはかまない。いまではもう、そんなことをしたら自分が痛い目に遭《あ》うとわかっているのだ。最初のころは一度ならず強くかんだこともあり、その結果、飼育係から頭を思いっきり強く殴《なぐ》られ、叱《しか》られた。

しかし、甘《あま》がみにしても、トラの子にそれをやられた日には無傷ではすまない。マルクスは悲鳴を上げ、トラの子の口から手を引っこぬいた。

アウレリアが、してやったり、という笑みを浮《う》かべる。「ふざけたことをするとどうなるか、それでよくわかったでしょ」かまれた手を口で吸っているマルクスに、冷たい言葉を浴びせる。しかし相手が涙《なみだ》を必死にこらえているとわかると態度をやわらげ、怪我《けが》の具合を見てやろうと近づいていった。マルクスの手を自分の手に取って見てみると、へこんだ部分にみるみる血がにじんでくるのがわかった。「あらら！　かわいそうに。痛い？」

「むち打ちにするべきだ」マルクスがぶすっと言う。痛みよりも、恥《はじ》をかかされたのがつらいようだ。

アウレリアはマルクスの手を離《はな》した。「なによ、これぐらい。わたしなんか、遊びながら何度もかまれたわ。ほら！」アウレリアは前腕《ぜんわん》に毎度のようにつけられる傷をマルクスに見せてやる。いつもよりちょっと強めにかまれた傷がそこにあった。

「歯は全部抜《ぬ》いたって聞いたけど」

「犬歯《けんし》だけ」

「犬歯《けんし》！　それって牙《きば》のこと？　牙《きば》のないトラなんて、聞いたことないよ」

「だからあなたは幸運だったの。もし牙《きば》があったら、手を食いちぎって、そのまま逃《に》げちゃったはずよ！」アウレリアは言い返し、床《ゆか》にすわってトラの子を呼びよせる。ブーツは床《ゆか》に腹をこすりつけるようにして、そろそろと近づいてくると、アウレリアのひざに頭を載《の》せた。その頭をアウレリアが愛《いと》しそうになでると、ブーツはしっぽをぴくぴくと動かした。「見て見て、ぼくこうしていっしょにいるのが好きなんだって、そう言ってる。いまではほとんど全部、この子の言いたいことがわかるんだから！」

マルクスはねたましい気持ちでアウレリアをじっと見ている。認めるのは死ぬほどいやだったが、それでもちょっぴりトラが怖《こわ》くなったのはたしかだった。このことは何がなんでもアウレリアに知られてはならない。

「闘技《とうぎ》ごっこをしよう！」マルクスは言った。

「いやよ」

「どうして？　さっきから、キスして、なでてるだけじゃないか！」

「そんなことないわ。こうやって遊んでるんだもの」

「そんなんじゃ、子ネコと遊んでるのと変わらない。こいつは闘技場《とうぎじょう》に出された野獣《やじゅう》だってことにして、剣闘士《けんとうし》と戦わせる――」

「それであなたが、剣闘士《けんとうし》の役をやるんでしょ」アウレリアがばかにするように言う。

「そうさ！　剣闘士《けんとうし》がどうやって戦うか、ちゃんと知ってるんだ。網《あみ》と三つ又《また》の槍《やり》、あるいは剣《けん》を持って――きみんところのパパとちがって、うちのパパはしょっちゅう闘技《とうぎ》を観に連れていってくれるんだ！　おい、そこのおまえ、ぼくにその剣《けん》を貸せ！」

ユリウスははっとして自分の剣《けん》を押《お》さえた。

「マルクスさま、申し訳ありませんが、わたしの剣《けん》はわたしの身から決してはなれません。それに先がするどくなっていますから、人を傷つけてしまいます」

マルクスは、はっきりと相手に挑《いど》む顔になった。ユリウスよりも自分の位ははるかに高く、ゆるぎない優越感《ゆうえつかん》を覚えている。

「言われたとおりにしろ」マルクスが怒鳴《どな》る。「さもないと、むちで打たせるぞ！」

ユリウスは少年の肩越《かたご》しにアウレリアに目をやる。アウレリアは見守っているだけで、あいだに入ろうとはしない。

「あなたさまに剣《けん》をお貸しする許可を皇帝《こうてい》から得ていないのです。これはおもちゃではありません」

マルクスは怒《いか》りで顔を真っ赤にした。ユリウスに飛びかかっていき、ベルトから無理やり剣《けん》をもぎとろうとする。ユリウスは窮地《きゅうち》に立たされた。興奮している少年をひとまず押《お》さえつけてはいるものの、元老院議員の息子からじかに命令されながら、それを無視し、しかもその息子を手荒《てあら》に扱《あつか》っているわけで、どんな報復を受けるかわからない。

「お嬢《じょう》さま！」ユリウスはアウレリアに助けを求めた。

トラの子をわきに移動させて、アウレリアが立ち上がった。もみあっているふたりにつかつかと歩みより、マルクスの髪《かみ》の毛をむんずとつかむと、そのまま思いっきり強くひっぱった。とたんにもみあいは終わった。アウレリアはマルクスの髪《かみ》をつかんだまま床《ゆか》にたたきつける。それから自分のいた場所へもどってすわり、何事もなかったかのように、またトラの子をなで始めた。

「なんてことすんだよ！　このブタ女！　痛いじゃないか！」マルクスは叫《さけ》び、大の字になって手足をばたつかせている。

「言葉に気をつけなさい」アウレリアは冷静だ。「口は災いのもとって言うでしょ」

それを聞いてマルクスはだまりこんだ。相手が何を言いたいのかは明らかだった。かっとなって飛びかかったものの、結局思い通りにはならなかった。しかしひょっとしたら、もっとひどい事態になっていたかもしれないと気づいて、マルクスは床《ゆか》に大の字になったまま息を呑《の》んだ。かっとするあまり、たとえば、「ブタの」娘《むすめ》とうっかり口走ってしまったら、皇帝《こうてい》を侮辱《ぶじょく》したことになる。ケンカの最中ならだれもが口にする、たわいない悪口だが、アウレリアにだけはこういうことばを投げつけてはならないのだった。

しばらくしてマルクスは起き上がり、後頭部をさすりながらアウレリアに歩み寄っていった。アウレリアは休戦の印に、にっこり笑ってみせる。

「この子は戦うトラにはしたくないの。たとえ遊びでもそうよ。さあ、ボールで遊びましょう。わたしが投げるから、あなたがブーツと競争してボールを追いかけるの。もちろん彼《かれ》を勝たせてやってね」そう言って、にっと笑った。


アウレリアのところへやってきて二か月が経ち、ブーツも成長した。驚《おどろ》くほど体が大きくなったものの、数々の訓練を受けていて、アウレリアが危険な目に遭《あ》う可能性はほとんどなくなった。ブーツがやってくると必ずそばに立つ、重装備の衛兵らも解任した。何しろ金がかかってたまらない。アウレリアとブーツが遊んでいる場面を何度か見たあとで、皇帝《こうてい》が妻を説き伏《ふ》せて解任したのだ。

「まったく安全だ。あのトラはアウレリアを愛している。見ればわかるさ。傷つけるなんてことはしない——アウレリアの強い意志と優しい手が、トラをすっかり手なずけたんだ」

皇后はそこまで安心できなかった。「トラが人間を愛するなんてことがある？」ユリウスにきいてみる。飼育係だけは、宮殿《きゅうでん》にトラの子がやってくるときには依然《いぜん》としてつきそっていた。

「いいえ、皇后さま。人間が考えるようには、愛することはできません。しかし、トラはお嬢《じょう》さまのことを理解していますし、お嬢《じょう》さまはトラに優しくしてくださいます。それに——わたしがそばにいるかぎり、このトラはお嬢《じょう》さまに危害を加えるようなことは決してありません」ユリウスは最後の部分にとりわけ力をこめた。というのも、自分と娘《むすめ》がふたりきりになるのを皇后が好まず、できるものなら飼育係もやっかい払《ばら》いしたいと思っているのが、なんとなくわかったからだ。それだけはなんとしてでも阻止《そし》しようとユリウスは心を決めていた。

「しかし、どんどん大きくなっていくのよ！　成長すれば当然、大きなオスの動物は危険になるでしょ？」

「ふつうはそうです。しかし、このトラだけは例外です」

ブーツはもはやオスでもないことは、気をつかって伏《ふ》せて置くことにする。皇帝《こうてい》の命令を受けて、すでに去勢《きょせい》手術がすんでおり、それによって、明らかに気立てが穏《おだ》やかになったのだ。

その手術を行ってから数日のあいだは、トラの子が回復するのを待つために、宮殿《きゅうでん》行きは休んでいた。（ユリウスはアウレリアに、ブーツは軽い病気にかかったと伝えておいた。）もちろんブーツ本人は自分の身に何をされたのか、本来の機能をまたひとつ奪《うば》われたことを、さっぱりわかっていない。これに比べれば、犬歯《けんし》を抜《ぬ》かれ、足をくるまれたことなど、まったくささいなことに過ぎない。素早く引いていった痛みと、これまでになじみのない、けだるさを除けば、自分が何か変わったという気はしなかった。もう二度と自分の子を生ませることはできず、生まれながらに備わった獰猛《どうもう》さとエネルギーを永遠に失ったことに、まったく気づいていない。動物の気持ちを思いやれるユリウスにとって、それはある意味悲しいことだった。しかし兄に比べれば、ブーツはずっと幸せであることもわかっていた。そんなことを考えていると、ブーツの兄はどうしているかと、彼《かれ》のその後が気になってきた。

うだるように暑い午後、動物園から家へ帰る途中《とちゅう》、ユリウスはコロセウムに足をむけた。そうして守衛に金を握《にぎ》らせて、野生の動物が檻《おり》に入れられている地下室へ入りこんだ。石の階段をいくつか降りていくと、暗くて悪臭《あくしゅう》でむっとする、洞窟《どうくつ》のような場所に出た。小さく仕切られた空間にはどれも前面に檻《おり》が備え付けられていて、その真上にコロセウムの闘技場《とうぎじょう》が位置している。

わくわくすると同時に、嫌悪《けんお》も感じる場所だった。ローマ帝国《ていこく》の方々から運ばれてきた動物が集まっていて、それがカエサルの主催《しゅさい》する闘技《とうぎ》や行列行進につかわれるのだ。様々に、すがた形のちがう奇妙《きみょう》な動物がたくさんいて、ひどい環境《かんきょう》に閉じこめられているのを哀《あわ》れに思いながらも、ユリウスはいくら見ても見飽《みあ》きなかった。大熊《おおぐま》は、茶色い毛と黒い毛のものがいて、見る者を威嚇《いかく》するように後ろ足で立ち上がっている。ヒョウは怒《いか》りに満ちた黄色い眼でユリウスをにらみつけ、ライオンは大きなあごからよだれを垂らし、飢《う》えた様子で檻《おり》のなかを歩き回っていた。ハイエナは、一匹《ぴき》だけ見れば、臭《くさ》くて醜《みにく》いだけの、とるにたりない動物と思うが、これが群れを成しているところを見れば、だれもが圧倒《あっとう》される。男ひとりを引き裂《さ》いて細切れにし……それをみんなで食らうのだ。ゾウは、その巨《きょ》大《だい》な足で人間ひとりをふみつぶして、あっさり息の根を止め、長い鼻でつかみあげて高々と持ち上げてから、地面にたたきつける。しかし、この心優しい巨体《きょたい》の動物がかっとなって人間に襲《おそ》いかかることはめったにない。

しかしなんといってもすごいのはトラだ！　これほど獰猛《どうもう》で、怖《こわ》い者知らずで、美しい動物はいない。

ユリウスはできるかぎり頻繁《ひんぱん》に闘技《とうぎ》を観戦した（切符《きっぷ》を持たない下層階級や非市民階級の者も最上段の立見席で観戦できた）。闘技場《とうぎじょう》で見た光景に、ひどく心を痛めたこともあったが、そういう感情を顔に出したり、口にしたりはしなかった。そんなことをしようものなら、弱虫の烙印《らくいん》を押《お》されてしまう。ローマでは女であっても、流血の闘技場《とうぎじょう》で脅《おび》えたようすを見せることはめったになかった。結局のところ血が流れなくては意味がない――強い者が弱い者を抑《おさ》えつけ、人間が自然を支配することを流血の戦いで表現するのが、この闘技《とうぎ》の目的だった。雄々《おお》しく戦う男の姿に、女たちは酔《よ》いしれる。

ユリウスはときに自分がわからなくなることがあった。剣闘士《けんとうし》やほかの奴隷《どれい》同士が殺し、殺されるのを見れば、会場をうめる大勢の観客といっしょになって歓声《かんせい》を上げる。それなのに、動物が殺される場面を見ると、どうして心が痛むのか。

おそらく動物にはなんの罪もないからだろう。それはたしかな事実だ。どれだけ熾烈《せんれつ》に戦おうとも、爪《つめ》で引き裂《さ》いて足でふみつぶして――人間を、あるいは動物を――どれだけ残酷《ざんこく》に殺そうとも、そこに悪意はまったくない。動物たちは神から備わった力を発揮して、人間に仕込《しこ》まれたとおりに動いているだけなのだ。どうしてそんな動物を憎《にく》むことができるだろう？　ときにユリウスは妙《みょう》なことを考えている自分に驚《おどろ》くことがある。万が一自分が闘技《とうぎ》に出されて（めっそうもない！）、ライオンかクマに殺されるようなことがあったなら、祈《いの》りの言葉を唱えながら、どうか自分を八つ裂《ざ》きにしているこの動物にも、哀《あわ》れみをかけてくださいと祈《いの》るような気がすると、そんなことを思うのだ。

動物が殺されるとき――たいていはそうなる――どうにも心が波立ってしょうがない。同情心がわきおこるせいかもしれない。正確には、同情と無念だ。生きる糧《かて》を得るために殺し、その狩《か》りのうで前によって仲間から敬意の目で見られるという、本来の生をまっとうすることなく、ただただ無残に殺されるのはさぞ悔《くや》しかろうと思うのだ。

そもそも動物は美しい。ユリウスの目には、人間よりも動物のほうが美しく見える。いや、それは正しくない。ひとりだけ、どんな動物よりも美しい人がいる！

いまユリウスは、コロセウムの地下につくられた洞窟《どうくつ》のなかに立って、むっとする、臭《くさ》い空気を吸い、動物たちのうなり声と、身動きする音と、ほえ声を聞いている。狭《せま》く暗い通路が迷路のようにつながっているこの地下で、どこをどう行けば目的の場所にたどりつけるのか、さっぱりわからない。あらゆる暗い隅《すみ》に、死を商う人間が潜《ひそ》んでいるかと思うと、ぞっとせずにはいられない。おっかなびっくり声をはりあげて呼びかけると、白髪《はくはつ》交じりのあごひげを生やした体格のいい中年男が、ランタンを手にトンネルのひとつから姿を現した。

「だれにむかって怒鳴《どな》っているのだ？――おまえは何者だ？」

「わたしはユリウス・ミニマス、皇帝《こうてい》のお嬢《じょう》さまのトラを世話している者です」ユリウスが言った。それを聞いて男はすぐに態度を和らげた。

「これは、これは。知らなかった」

「あなたのお名前は？」

「カイウス・ルシアス。なんのご用かね？」

「トラの子を見せてもらいたくてやってきました。二か月前にここに到着《とうちゃく》したトラです」

「ああ、やつか。あれはまだ見せられない。訓練中なんでね」

ユリウスには相手の手口がわかっていた。硬貨《こうか》を男に握《にぎ》らせる。

「まあその道の専門家なら、例外もありだ」カイウスが言う。「ついてきなさい。ただし途中《とちゅう》の檻《おり》には、近づきすぎんようにな」

ユリウスは男のあとについて、迷路のようなトンネルを進んでいきながら、ランタンの火につぎつぎと浮《う》かびあがる檻《おり》に目を走らせる。ひとつの檻《おり》の前でユリウスの足がとまった。

「これはなんですか?」

「ラクダだ」カイウスがうなるように言った。「アラビアから着いたばかりだ。見るのは初めてかい?」ユリウスは背中に大きなこぶがある奇妙《きみょう》な動物をまじまじと見つめて首を振《ふ》った。「砂漠《さばく》からやってきたんだ」男が言う。「あっちじゃあ、これに荷物を載《の》せて運ぶ。飼いならすのも楽だ。こいつは明日みんなにお披露目《ひろめ》する。あんたも来たらいいぞ。草食動物は、それ自体ぱっとしないが、肉食動物の引き立て役になる。犬をけしかけてやるんだ。犬どもは、こいつの尻《しり》に飛びかかるか、喉《のど》を食いちぎる。会場は興奮の渦《うず》だ」

ユリウスは両うでの毛穴がひらいていくのがわかり、口のなかに苦いものがこみあげてきた。それでも何も言わず、男のあとについていく。トンネル内はランタンの光が投げる影《かげ》が動くだけで、あとは完全な闇《やみ》だった。

「闘技《とうぎ》は好きかい？」歩きながらカイウスが聞く。

ユリウスは一瞬《いっしゅん》ためらった。「すごい闘技《とうぎ》もありますよね」とあいまいな答え方をする。

「もちろん、昔のようにはいかない。コロセウムが建った当初は場内に水を張って海戦のまねごとまでやったんだ。本物そっくりにつくった船をつかって」

「それはさぞ壮観《そうかん》だったでしょう」

「いいことを教えてやろうか？」男がくっくと笑う。「水のなかにはワニを泳がせた。そこに人が落ちたら、なおさら興奮するからな！」

ユリウスは何も言わない。

「だが、いろんな面で昔よりいまのほうが進歩している。つねに市民を満足させるために、新しい趣向《しゅこう》を考えないといけないからな。あの手この手と、さまざま仕掛《しか》けが考えだされた。ほら、あのリフトもそうだ。見てみるかい？」

男はユリウスを従えて一本の通路を進んでいき、洞窟《どうくつ》のような一室に入るとランタンを掲《かか》げた。ユリウスの目に、滑車《かっしゃ》につながった巻き上げ機が映った。地面近くに台のようなものがあって、そこに檻《おり》が載《の》っかっている。

「男三人が力を合わせて、これを天井《てんじょう》まで持ち上げる」カイウスが言う。その口調からして、こういう仕掛《しか》けを誇《ほこ》りに思っているのは明らかだった。「天井《てんじょう》の上には、もちろん闘《とう》技場《ぎじょう》の床がある。上に跳ね上げ戸があるのがわかるかい？　待ってろよ、いま見せてやる」カイウスがハンドルを回すと、天井《てんじょう》の四角く切り取られた部分が下にひらいた。跳《は》ね上げ戸だった。ふいにそこから陽光がどっとあふれだす。「なんでもいい、これに獣《けもの》を載《の》せて上まで持ちあげ、闘《とう》技《ぎ》場《じょう》の床《ゆか》に放してやる。あともどりはできないから、獣《けもの》は場内を突《つ》っ走るしかない。その途上《とじょう》に何が待っていようともな！」カイウスがハンドルをもとの位置にもどすと、キーッと音を立てながら、跳《は》ね上げ戸がまた閉まった。ふたりはまた闇《やみ》のなかを歩きだした。

「宮殿《きゅうでん》にはよく行くのかい？」カイウスが聞く。いまではずいぶん親しげになっている。

「ええ、しょっちゅう行きます」

「ベラって名前の、女の使用人に会ったことはねえかな」

「さあ、どうでしょう。皇帝《こうてい》には大勢の使用人が仕えていますから、全員の名前はとても」

「皇帝《こうてい》の娘《むすめ》が小さいときに、乳母《うば》をやってたんだ。退職したあとも宮殿《きゅうでん》で恩給暮らしをしているはずなんだが」

「ああ！　乳母《うば》だったんですか。その人なら会いました。時々お目にかかります。トラがひどくお嫌《きら》いのようで、それでわたしがいるときは、あまりおいでになりません」

「美人だろ、えっ？」

ユリウスは驚《おどろ》いた。「昔はそうだったかもしれません。いまではもう年を取って」

「オレとそう変わらない」カイウスがむっとして言う。「さあ、お目当てのものはすぐそこだ」

ふたりしてトンネルの角を曲がったところで、カイウスがランタンを掲《かか》げ、ユリウスの目にブーツの兄の姿が映った。

ユリウスは足をとめて、まじまじと見た。すでに二頭のちがいは歴然としていた。ブーツは大きくなったが、それと同時に太りもした。アウレリアがえさをやるのが大好きで、必要以上に与《あた》えてしまうからだ。しかしこちらはそげたように痩《や》せていて、見るからに強靱《きょうじん》で力に満ち満ちている。立ち上がるとさらに背が高くなるだろう。そう思っていると、ネコ科の動物特有の優雅《ゆうが》な身ごなしで、ゆっくりと立ち上がった。ユリウスはさらに近づいていく。

「気をつけろ。気が荒《あら》いからな。あんまり近づくと——」

いきなりトラが檻《おり》の格子に飛びかかってきた。口をかっとあけて歯をむきだし、前足で格子を殴《なぐ》った瞬間《しゅんかん》、鉤爪《かぎづめ》がいっせいに飛びだした。布にくるまれてなどいないそれは、長くて湾曲《わんきょく》していて、ナイフのようにするどい。もし檻《おり》に体をぴたりとつけて見ていたら、腹をかっさばかれていただろう。

ユリウスはわれしらず、後ろに飛びのいた。

「驚《おどろ》いた！　こっちは相当獰猛《どうもう》だ。ここに来た当初から、こうなんですか？」

「まあ、多少こっちも手伝ったがね」男が気どった笑いを浮《う》かべて言った。「動きに支障のない範囲《はんい》で、ぎりぎりまでえさを減らした。まもなくこいつの出番だ。そのときには、思いっきり怒《いか》りをはきだして、最終的にはだれかの餌食《えじき》になる。客を大満足させてくれるだろうよ。間違《まちが》いない！」

「出番というのは……やっぱり殺されるんですか？」

カイウスは肩《かた》をすくめた。「まあ、最後はたいていそうだ。だが、こいつはそのまえに、華々《はなばな》しい戦いを見せてくれる。だれが対戦するか知らないが、そいつに同情するぜ！」

「同情する？」ユリウスがびっくりする。

男はちらっとユリウスに目をむけた。「いや、そいつは言葉の綾《あや》ってもんだ。同情なんぞしていたら、オレの仕事は勤まらない。どうせやつらはみんな、ただの奴隷《どれい》だ。動物だろうと人間だろうとみな同じ――奴隷《どれい》だったり、犯罪者だったり、捕虜《ほりょ》だったり。やつらは市民を楽しませ、皇帝《こうてい》の栄誉《えいよ》を讃《たた》えるためにいるんだよ」男は檻《おり》の格子に棒をたたきつけ、横にすべらせた。トラはそれをにらみながら、あとずさり、また飛びかかる構えを取っている。しかしもう飛びかかっては来なかった。ウーウーうなったあとで、低い声をもらすと、あとはごろんと横むきに寝《ね》て目をつぶった。まるで、自分をなぶろうとする相手をさげすむような態度だった。

「なんと呼んでいるんです？」ユリウスが聞いた。トラの姿をじっと見ながら、自分が彼《かれ》の立場だったらどうだろうと、頭のなかで想像する。

「なんと呼んでいるかだと？　こいつら一頭一頭に全部名前をつける時間があるほど、暇《ひま》だと思うか？　やつを怒《おこ》らせたいときは、〝畜生《ブルート》〟と呼んでやるまでのこと」

するとトラが目をあけて、ふた色に分かれた大きな頭を持ち上げた。

「おい、見ろ！」カイウスが言う。「こいつ、ちゃんと自分の名前がわかってるぞ！　間《ま》違《ちが》いねえ、命をかけたっていい。こんなやつはほかにいねえぞ！」

「じゃあ、頭がいいんですね？」

「どうやら、そのようだ！　犬やこういった動物は、じつに頭が切れるんだ。口笛を吹《ふ》いたら飛んできて、言われたとおりのことをするよう、しつけることもできる。以前にここにいたある犬は、着いたばっかのときには獰猛《どうもう》だったが、オレが芸をしこんでやったんだ。そしたら、なんだか情がわいちまって、やつを自分で買い取ろうとしたんだが、だめだと言われた。送りだすときゃあ、そりゃもう、かわいそうだった」そこでカイウスはちらっと天井《てんじょう》を見上げた。

「賢《かしこ》いといえば、ゾウだ！」カイウスが一瞬《いっしゅん》間を置いたあとで先を続ける。「あれは文句なしに頭がいい。ゾウを前にしたら、だれだって敬意の念を抱《いだ》くだろうよ。やつらは自分の身に何が起きているか、ちゃーんとわかってるんだ。仲間たちの身の上までな。オレたちとほぼ同じよ……」

「こういう話を聞いたことがあるか——百年前、ポンペイウスが皇帝《こうてい》だったころの話だ——ポンペイウスは半ダースのゾウを闘技場《とうぎじょう》に送りだして、飢《う》えたライオン二十頭をけしかけるよう命令を出した。いざ闘技《とうぎ》が始まると、ゾウはつぎつぎと食われていくんだが、まだ死んじゃいない。それで横倒《よこだお》しに倒《たお》れたまま、鼻を高々と持ち上げて、いっせいに声をあげるんだ。哀《あわ》れみを乞《こ》うのか、死ぬ前の祈《いの》りを捧《ささ》げているのか。これには観客もがまんができなかった。五万人の群衆が一斉《いっせい》に立ち上がってひとつになり、さめざめと泣きながら皇帝《こうてい》を呪《のろ》ったよ。なんとかしてゾウの命を救えと、みんなが大声で叫《さけ》んだ。そりゃもう、哀《あわ》れを誘《さそ》わずにはいられない光景だ！　しかし、そのときにはもう手遅《ておく》れだった」

ユリウスは大きく息を呑《の》んだ。その場面を想像しただけで、気持ちがなえていった。

「そのときだけですか?」

「何が?」

「群衆がその……動物の味方についたのは」

男はあごひげを指でひっかいた。

「オレが知っているのはな。ゾウってのは、とてつもなくでかくって、なぜだか哀《あわ》れを誘《さそ》うのよ。それだけの話だ」長い沈黙《ちんもく》が続き、ふたりはトラをじっと見守りながら、それぞれの物思いに沈《しず》んでいる。ふたたびカイウスがしゃべりだしたとき、その声はとても小さく、まるで仲間に聞かれるのを恐《おそ》れるかのようだった。

「やっぱり胸にずしんとくるんだよ。あれだけ……」

「威厳《いげん》のある……」

「そう、威厳《いげん》たっぷりよ。あれだけ威厳《いげん》のある動物が、ただ単に群衆の楽しみのために、辱《はずかし》めを受けるというのは、やはりな」

「やはり……よくないことだと、そう思ったことがありますか?」ユリウスが勢いこんで聞く。

男ははっとわれに返ったようだった。ユリウスをぎろりとにらみつけた。さげすみなのか、警告なのか、ユリウスにはわからなかった。

「あんたみたいな人間は、こんなところにいないほうがいい！　甘《あま》やかされた家ネコのところにもどるがいいさ。闘技場《とうぎじょう》で戦う動物のことは、皇帝《こうてい》のために心を鬼《おに》にできる男たちに任せておけ。さあもう行ってくれ。オレには仕事があるんだ」


二本足が二頭ともいなくなると、ブルートは起きあがって、身繕《みづくろ》いを始めた。

二本足が見ているところでは絶対やらないことだった。自分の毛をなめてきれいにするのは、心なぐさめられる穏《おだ》やかなひとときであり、そこにべつの生き物が入ってくるのは許せなかった。怒《いか》りや憎《にく》しみで体がはちきれそうになっているときに、身繕《みづくろ》いはできない。心を落ち着けなければならず、それにはどうしてもひとりになる必要があった。

彼《かれ》が閉じこめられている岩穴は、人間が想像しても最悪の悪夢だろう。自然の光がいっさい入ってこない。むっとする空気からは、風に運ばれてくる生き物の新鮮《しんせん》な香気《こうき》は感じられない。あたりに充満《じゅうまん》しているのは、同じように狭苦《せまくる》しい場所に閉じこめられている動物たちの発散する、不幸の臭気《しゅうき》であり、頭上で戦いが進行しているときには、そこに強烈《きょうれつ》な血のにおいも混じり、ブルートは気が変になりそうだった。吸う息のことごとくに、においがある。トラにとってにおいは言葉と同じだ。幽閉《ゆうへい》された仲間たちが放つ憎悪《ぞうお》と恐怖《きょうふ》のにおい。地上で流れる血のにおいと、観客の割れるような歓声《かんせい》。それらがしみついて、いつのまにかブルートの体の一部になり、それをえさに、自身の内側に息づく怒《いか》りがますます肥え太っていく。

依然《いぜん》として弟のことは忘れていなかったが、記憶《きおく》はかなりぼやけてきている。かたい石の床《ゆか》に横になって眠《ねむ》るとき、隣《となり》がすーすーする感じがあって、そういえば以前はいつもそこにだれかがいたような気がする。かといって、その姿を思い浮《う》かべることも、その不在を悲しむこともなく、ただ何かが足りないという欠落感があるだけだった。

むかいの檻《おり》には、年老いたクマが一頭入れられている。

ブルートといっしょに旅をしてきたクマではない。このクマは、たびたび闘技場《とうぎじょう》に出ている、観客のお気に入りだった。それだからいまだに生きているのだ。よつんばいになって闘技場《とうぎじょう》内をはねまわるか、鎖《くさり》につながれて後ろ足で立ち上がるかすると、ああ、いつものクマだと気づいた観客から大きな歓声《かんせい》が上がり、食べ物のかけらが飛んでくる。クマはときどき、それを食べることを許される。このクマが披露《ひろう》するのは、けしかけられた犬を追い払《はら》う芸で、若い頃《ころ》には大きな群れでかかってくるのを相手にしなければならなかったが、最近では、ほんの数匹《ひき》に制限されて、数で負けてしまわないように配慮《はいりょ》がなされている。たいていいつも後ろ足で立ちあがって、飛びかかってくる動物をつかんでは、太いうでと胸のあいだでつぶして一匹《ぴき》一匹《ぴき》殺していく。そのあいだ歯をかみ鳴らして、ほかの動物をよせつけないようにすることも忘れない。それでも多少の傷を負うのは避《さ》けられない。分厚い茶色の毛皮がところどころはげているのは、そういう傷が治った跡《あと》だった。

地上へ出てもどってくるのは、このクマだけなのだとブルートにもわかってきた。怪我《けが》をしてもどってくると、血のにおいがして遠ぼえが聞こえてくる。地上に上がった動物の身に何か恐《おそ》ろしいことが起こるのだとわかったのも、このクマのおかげだった。恐《おそ》ろしいながら、それでもブルートは自分が地上に上がる日が待ち遠しくてならない。

戦って、引き裂《さ》いて、殺したい。地上に上がればそれができると、彼《かれ》の本能がそう教えていた。

5 マルクス

マルクスはアウレリアとペットへ復讐《ふくしゅう》を企《くわだ》てていた。

ペットといってもトラではない。ペットの飼育係だ。ユリウスは、アウレリアに手なづけられたペットのように、マルクスの目には映っていた。奴隷《どれい》と、その若い女主人のあいだで、マルクスは楽しみを奪《うば》われ、恥《はじ》をかかされた。ふたりして自分を侮辱《ぶじょく》した。この上は、ただではおかないとマルクスは心を決めている。そもそも自分は元老院議員の息子――そういう人間が、これほどの辱《はずかし》めを受けながら、どうしてだまっていられるだろう。アウレリアが自分よりどれだけ高い地位にいようと関係ない。

しかし、事は慎重《しんちょう》に進める必要があった。

「わかっているんだろうな」と、父親からしょっちゅう言われていた。「宮殿《きゅうでん》に招かれて、アウレリア姫《ひめ》のお相手ができるのは、まったくありがたいことなんだぞ。どんなに近親の元老議員でも、みんながみんな、そこまで皇帝《こうてい》から目をかけてもらえはしないんだ。で、お嬢《じょう》さまはどうしている？　あの野獣《やじゅう》と仲良くやっているのかい？」

「アウレリアは元気だし、パパの言う〝野獣《やじゅう》〟も元気だよ。だけど、あれはもう野獣《やじゅう》なんかじゃない」

「どういう意味だ？　もう一人前の立派なトラに成長したと聞いてるぞ」

「そうだよ。でも成長していない部分があって、それが大きなちがいなんだ」マルクスがせせら笑いを浮《う》かべて言った。

しばらくして父親は状況《じょうきょう》を飲みこんだ。それからにやっと笑って言う。

「どうしてわかったんだ？」

「まあいろいろと」

「あのトラは去勢《きょせい》されたと、もっぱらのうわさだ。正しい判断だよ。賢明《けんめい》な皇帝《こうてい》は危険に対して、あらゆる処置を怠《おこた》らないものだ」

「アウレリアが猛獣《もうじゅう》を手なずけたってことになってるけど、相手が永遠に半人前のオスなら、それは大嘘《うそ》だってことになる」

「おまえだって、去勢馬《きょせいうま》に乗ってるじゃないか」と父親。「雄馬《おうま》に乗ったところで、振《ふ》り落とされるのが関の山。おまえのほうこそ半人前だ」言ったあとで、息子の顔から血の気が引いていくのを見て、父親は自分が言い過ぎたと気づいた。「おまえはまだ若い。持てる力を全部発揮できるような年になったら、もっと難しい馬を贈《おく》ってやるよ」

午後になって乗馬の訓練をしに行ったとき、マルクスは馬具倉庫からむちを一本くすねてきた。乗馬の先生が訓練場をはなれているすきに自分の馬にさっと乗る。ところが、走らせようとむちでたたきながら、手綱《たづな》を強くひっぱるものだから、馬はどうしていいのかわからず、結局マルクスを背中から振《ふ》り落とした。マルクスは弱虫ではなかったから、すぐまた馬に乗り、むちをずっとふるいながら場内を全力疾走《しっそう》させた。そこへ先生がもどってきて、一瞬《いっしゅん》あっけに取られて立ち尽《つ》くしていたが、まもなく馬の前に飛びだしていって、おもがいをつかみ、馬を急停止させたので、またもやマルクスは落馬した。

「おまえはいったい何をやっているんだ?」先生はかんかんだ。

マルクスは立ち上がって、息を整えようとする。「こいつ、今日はずいぶんいらいらしていて。気晴らしをしたいようだったんで、つきあってやったんです」

「きみの馬は、この馬小屋のなかで一番おとなしいんだぞ！　なぜ彼《かれ》にむちをつかった？　わたしが禁じているのは知っているはずだ！　すぐに返しなさい。わたしが許可を出すまで、二度と手を触《ふ》れてはならないぞ」

マルクスはむっつりして、むちを先生に返した。「わかりました。本当は、こいつに少し活を入れてやろうと思ったんです。退屈《たいくつ》で、乗っていても面白くない。どうしてぼくは、雄馬《おうま》に乗れないんですか？」

「それはきみのお父さんが、去勢馬《きょせいうま》のほうが安全だとお考えになっているからだ。わたしもお父さんの考えに賛成だよ。さあ、もう一度乗って、ゆるい収縮かけ足（短い歩幅《ほはば》でテンポを上げる歩かせ方）で走らせてごらん」

マルクスは傷つき、恥辱《ちじょく》の針が胸にさらに深く刺《さ》さった。みんなが自分を赤《あか》ん坊《ぼう》のように扱《あつか》っている。これは思い知らせてやらなきゃいけない。ただし、あからさまにやるのはよくない。そういうのは子どもじみているし、さらなる窮地《きゅうち》に立たされるかもしれない。それでもなんとかして、自分の力を証明してやろうとマルクスは思う。

いっぽう宮殿《きゅうでん》には相変わらず通い続けていて、ここではまったく問題なくふるまった。

アウレリアとおしゃべりをしたり、ブーツといっしょに遊んだり。そのあいだずっと頭のなかで壮大《そうだい》な夢を描《えが》いていた。

もしアウレリアがふいにトラに襲《おそ》われたらどうなるだろう。それを考えるのは愉快《ゆかい》だった。もちろん、そうなったら自分がユリウスの剣《けん》をひったくって――そのあいだユリウスは恐怖《きょうふ》に麻痺《まひ》してかたまっている――一撃《いちげき》でトラを殺してアウレリアを助ける。そうすれば、もうだれも自分を赤《あか》ん坊扱《ぼうあつか》いしなくなる。自分は勇者として讃《たた》えられ、皇帝《こうてい》から褒美《ほうび》も授かるだろう。自分にはそれを成し遂《と》げるだけの力があると、マルクスは信じて疑わなかった。

それ以外に考えるのは、すべてコロセウムで行われる闘技《とうぎ》のことで、これは自分の頭のなかだけでなく、アウレリアにも話して聞かせる。なぜなら、この件については自分のほうがアウレリアより優位に立てるからだ。自分はコロセウムに何度も行っているが、アウレリアは行ったことがない。十四歳《さい》になるまでは、父親に禁じられているのだ。皇帝《こうてい》は闘《とう》技《ぎ》を誇《ほこ》りに思っており、子どもの見るものではないと言う。しかし実際のところ皇帝《こうてい》はアウレリアの反応を恐《おそ》れているのだった。闘技《とうぎ》を見て心を痛め、父親を責めるのではないいか。こんな残酷《ざんこく》なものは楽しめない、見るに堪《た》えないといった気配を見せるのではないか。皇帝《こうてい》の娘《むすめ》たるものが、そんな弱い面を見せてどうすると、カエサルは心配しているのだった。

しかしマルクスの父親にはそういう心配はまったくなかった。

ローマ暦《れき》の祝日は増えるいっぽうで、市民は闘技《とうぎ》で流される血に興奮してどよめくが、決して満足することがなく、もっともっとと強い刺激《しげき》を求めていく。そしてマルクスは祝日のたびごとに、コロセウムに連れて行ってくれと父親にせがんだ。闘技《とうぎ》はマルクスにとって最大の娯楽《ごらく》であり、何から何まで好きだった。

「とにかく、実際に観てみるのが一番だよ！」マルクスはアウレリアに言う。「当然ぼくは、元老院議員専用の特等席にすわる。もしきみが行けば、もっとすごい皇帝席《こうてい》にすわることになる。始まる前の興奮といったらないんだ！　それが闘技《とうぎ》の一番面白いところだと言ってもいいぐらいだよ。みんな押《お》し合いへし合いして、歓声《かんせい》をあげながら闘技《とうぎ》が始まるのを待つんだ。そんな群衆を見ているだけで鳥肌《とりはだ》が立ってくる。闘技場《とうぎじょう》に目をやれば、金色の砂が撒《ま》かれていて、これがまたうっとりだ。一試合終わるたびに、血で汚《よご》れた砂をレーキ（熊手《くまで》）できれいに取り去ってから新しい砂が撒《ま》かれ、まるで何事もなかったかのように、また新たな血を吸うのを待つんだ」

そういう話を聞くたびに、アウレリアはぞっとした。それでも話をやめろとは言わない。コロセウムについて語るマルクスの話には、なぜだか抗《あらが》いがたい魅力《みりょく》があって、思わず引きこまれてしまうのだった。

「もうどこに跳《は》ね上げ戸があるか、わかってるんだ」マルクスの話は続く。「知らない人間には予測がつかない。境目も全部砂で覆《おお》われているから。何もないところから、いきなり猛獣《もうじゅう》が飛びだしてきたように見えて、観客はもうびっくりだ！　もちろんいつも同じ跳《は》ね上げ戸をつかうんじゃなくて、毎回場所を変える。次はどこだろうって、ぼくは予想を立てるんだ。それと場内をぐるりと取り巻く壁《かべ》には、檻《おり》とつながっているドアがいくつもついていて、そこから剣闘士《けんとうし》や奴隷《どれい》や、動物が登場する。それでさ、いつも最初に場内を練り歩くパレードが行われるんだ。手なずけられたゾウや馬、年老いたクマなんかが引き綱《づな》にひっぱられて登場して、場内を一周する……」

「それから剣闘士《けんとうし》が登場して、場内を行進する。で、皇帝《こうてい》と皇后が観戦席にいる場合には、ふたりにあいさつをする。皇帝《こうてい》と皇后も拳《こぶし》を掲《かか》げて群衆にあいさつして、会場に割れるような歓声《かんせい》が上がるんだ。それがもうほんとうにすごいんだよ」話しながら、マルクスは興奮に顔を輝《かがや》かせる。「ぴかぴかした鎧《よろい》に身を包んだ剣闘士《けんとうし》が、その勇姿をみんなに見せるんだけど、その一時間か二時間後には、彼《かれ》も殺されることを、観客も本人もわかっている。考えてみれば不思議なことだよ」

アウレリアはマルクスの顔をまじまじと見ている。

「剣闘士《けんとうし》って、ものすごく勇敢《ゆうかん》なんでしょうね」

「ああ、勇敢《ゆうかん》でなけりゃ、やっていけない。命をかけて戦うんだから。人間どうしで戦うことも多い。それでときどき思うんだ。闘技《とうぎ》に出る前はどうだったのかって。それよりずっと前、訓練中はいっしょに暮らしていたわけで、だったら仲が良かったかもしれない。それが闘技場《とうぎじょう》に出たとたん、殺し合いをしなきゃいけない」

「殺さなきゃいけないんだったら、わたしは最初から、だれとも友だちになんかならない」アウレリアが言う。「ほかのみんなとはずっと距離《きょり》を置いて、目もむけないようにするわ。いずれにしても、わたしには戦うなんてできないけど、もし男に生まれて戦わなきゃいけなくなっても、好意を抱《いだ》いている相手と戦うなんてできない」

「そりゃそうだ」とマルクス。「きみは正しいよ。相手のことを、生かしておけない敵と思わなくちゃいけない。友だちになるなんて無理だ」

「剣闘士《けんとうし》は、動物たちとも何かつながりがあったと思う？　闘技《とうぎ》の前に会ったりしないのかしら？」

「つながりって、どういう意味？」

「だから、ほら……情がわいてきて、それだから――」

「わかった！」マルクスが得意になって言う。「つまり、きみのブーチーみたいに、ペットにしているような動物も闘技《とうぎ》に出るかって？　まさか、ありえない！　そういう動物は闘技場《とうぎじょう》に出されても戦おうとしないよ。それじゃあ観客はどうなる！」

「だけど」アウレリアがおずおずと言いだす。「そうなったら、闘技《とうぎ》史上始まって以来の、よろこばしい出来事になるんじゃないかしら」

いまではブーツの姿は壮観《そうかん》のひと言だった。立派に成長して、つやつやの毛並みとふっくらした体が美しく、家ネコのようにすっかり人間に飼いならされていた。隣《となり》にマルクスが立つと、その脇《わき》あたりまでブーツの頭が届くようになった（マルクスは背が高くなりたいと切望しながら、それがかなわない）。いまではマルクスも安心しきって、しましまの背中に片うでを回して、肉付きのよいあばらをくすぐったりしている。そういうことをするなら、アウレリアも目くじらを立てたりはしなかった。ときにブーツは親しげに寄りかかってくることがあって、そうなるとマルクスは倒《たお》されないよう、足をしっかりふんばらないといけなかった。

アウレリアはブーツと恋《こい》に落ちたようなものだと、マルクスはそう見ている。「あなたはなんて素晴らしいの！」甘《あま》い声でしょっちゅうそんなことを言っている。「世界のどこをさがしたって、これほどハンサムな生き物はいないと思わない？」アウレリアはトラの目の前にしゃがんで、ほおひげのある大きな顔を両手ではさみ、鼻にチュッとキスをしたり、肉片を食べさせたあとで、口のなかに手をつっこんで、どれだけブーツが自分になれているか見せたりした。床《ゆか》に長々と寝《ね》そべったブーツの背にアウレリアがまたがって、首の毛並みに沿って両手でマッサージをしてやると、ブーツはゴロゴロと気持ちよさそうに喉《のど》を鳴らす。マルクスはにっこり笑顔をつくっているものの、内心でせせら笑っていた。もしブーツが本物のトラだったら！

「トラに一度乗ったら、降りられなくなるんだ」と、どこかでだれかが言っていた言葉をマルクスはアウレリアにそのまま伝えた。

からかわれたのだとわかって、アウレリアはマルクスの顔をにらみつけた。

「かわいいブーツが相手なら、なんだってできるわよ」

「じゃあ、そのブーツを脱《ぬ》がせることもできるかい？」

アウレリアはちょっと驚《おどろ》いて、トラのくるまれた足に目を落とした。成長に合わせてしだいに大きなものにつくりかえられていたが、依然《いぜん》としてブーツの足は革袋《かわぶくろ》で包まれている。アウレリアには当たり前になっていて、ほとんど気にもしていなかったのが、ここにいたって急に、それは自分がブーツを信頼《しんらい》しきっていない証しに見えてきた。

「当然できるわ！　そんなものがなくたって、わたしを傷つけることはないんだから！」

「じゃあ、やってみなよ。ブーツなしで遊ばせるんだ」

アウレリアは振《ふ》り返り、いつものように物かげに立ってこちらに目を光らせているユリウスに、手招きした。

「ユリウス！　足のカバーをはずしたいの」とアウレリア。

「いけません、お嬢《じょう》さま」

「いけないって、どういうこと！　大丈夫《だいじょうぶ》よ！　これだけなれておとなしくしているのに、わたしを爪《つめ》で引っ掻《か》くはずがないでしょ？」

ユリウスが近づいてきて、トラの隣《となり》にすわっているアウレリアの脇《わき》にしゃがむ。

「彼《かれ》はもう、トラの本能を失っていると、お嬢《じょう》さまはそう思うのですか？」

「ええ。でも本当はわからない。わたしはただ、こういうものをブーツにつけておきたくないだけ」

ユリウスはしばらくアウレリアの顔をじっと見ている。失礼と思えるほどに長時間こちらにむけられている視線をアウレリアは持って生まれた風格で受けとめ、自分の言うとおりにせよと目で命じている。

「わかりました。じゃあ、やってみましょう。よく見ていてください」

ユリウスは床《ゆか》に腹ばいになってブーツとむきあい、喉《のど》から低いうなり声を出しながら、トラの金色の眼をまっすぐ覗《のぞ》きこむ。

トラは一瞬《いっしゅん》ユリウスの眼をまじまじと見返した。それから視線を落とし、腹を床《ゆか》にこすりつけながら後退する。

「ほらね？　たとえ怒《おこ》りたくなるようなことをされても、人を傷つけたくないのよ！」アウレリアが勝ち誇《ほこ》ったように言う。

しかしユリウスは歯をむきだしてうなり続け、あとずさりするトラを見すえながら、じりじりと近づいていく。ユリウスのうなり声がどんどん大きくなる。するとふいに、マルクスもアウレリアも予想しなかったことが起きた。ユリウスのうなりに応えて、ブーツの胸から怒《おこ》った低いうなり声がひびきだしたのだ。牙《きば》は抜《ぬ》かれているというものの、めくりあげた唇《くちびる》から覗《のぞ》くトラの口内は見るからに恐《おそ》ろしい。肩《かた》の毛が逆立ち、尻《しり》が床《ゆか》から持ち上がって、しっぽが、それ自体命を持っているかのように、ピシッ、ピシッと動きだした。

「ユリウス！　やめて！」

しかし、もう遅《おそ》かった。ブーツは本来の自分を取りもどした。記《き》憶《おく》の奥底《おくそこ》に隠《かく》れていた本能が目を覚まし、相手の挑戦《ちょうせん》を受けて立てと教えている。ユリウスが立ち上がって、自分が主人だとトラに示す間もなく、ブーツは彼《かれ》に飛びかかっていって、その肩《かた》に歯を沈《しず》めた。

「ブーツ！」大声を張り上げたつもりが、アウレリアの命令は甲高《かんだか》い悲鳴にしかならなかった。

アウレリアははじかれたように立ち上がり、ためらうことなく、宝石をちりばめた首輪を両手でつかみ、全体重をかけて後ろにひっぱった。

ブーツとユリウスは大理石の床《ゆか》の上でもがいている。ユリウスが両のうでを持ち上げてトラの喉《のど》をつかんだ。血が流れだす……マルクスが尻《しり》もちをついてかたまった。

「マルクス！　力を貸して！　お願い！」

マルクスははっとわれに返り、あわてて立ち上がった。首輪ではなく、アウレリアの胴《どう》にしがみつく。ふたり分の力でブーツの首を締《し》め上げていくと、そのうちブーツは息ができなくなり、喉《のど》を詰《つ》まらせるのがわかった。

ブーツがユリウスを放した。ユリウスはトラの歯からのがれて転がっていき、白い大理石の床《ゆか》に血の跡《あと》が尾《お》を引く。アウレリアは小さな両手でまだブーツの首輪をしっかりつかんでいる。怖《こわ》くて放せないのだ。そのアウレリアにマルクスが後ろからしがみつき、彼女《かのじょ》の背中に顔をうめている。

「ユリウス！　大丈夫《だいじょうぶ》？」

ユリウスは肩《かた》をぎゅっとつかんで起きあがった。ショックと痛みに麻痺《まひ》している頭をはっきりさせようと首を強く振《ふ》り、状況《じょうきょう》を理解すべく、あたりに目を走らせる。二秒後にはもう立ち上がって、トラの隣《となり》にいた。

トラの体にさっと手をふれ、立った姿勢で主人の威厳《いげん》を示す言葉を口にする。それだけでブーツがしゅんとなった。しゃがんで身を伏《ふ》せたまま、すっかり脅《おび》えておとなしくなっている。アウレリアは首輪を握《にぎ》っていた両手をゆっくりとひらいた。革の首輪にちりばめられた宝石の跡《あと》が、てのひらに白く残っている。

アウレリアの目はユリウスに釘付《くぎづ》けになっていた。ユリウスは落ち着いたようすで、トゥニカの上から着けている、レイヨウの革の前掛《まえか》けを、傷ついた肩《かた》にぎゅっと押《お》し当てている。アウレリアはふるえながら両手を打ち合わせ、侍女《じじょ》のひとりを呼んだ。

「すぐに医者を呼んできて」

侍女《じじょ》は床《ゆか》についた血を見て息を呑《の》んだ。医者を呼びに走りだそうとしたところで、アウレリアに呼び止められる。まるで芝居《しばい》の一場面のように、アウレリアにはこの先の展開が見えた。

「待って、こっちへ来なさい」侍女《じじょ》がそろそろと近づいてきた。「両親にはこのことを知られたくないの。わかる？　医者を連れてくるときには、だれにも話してはならないと、そう言ってちょうだい」

侍女《じじょ》はためらっている。女主人のひみつを守ったがために、大変なことになる可能性もあるからだ。ユリウスにはその気持ちが十分わかっていたから、思い切って口を出すことにする。

「お嬢《じょう》さま、だれも呼ばないのが一番かと思います。傷はそれほど深くありません。ごらんください、血も止まりかけています。うちの母が医術に多少の心得がありますので、手当は母にしてもらいます」そこで目を上げてアウレリアの顔をじっと見つめる。「信じてください。もしこの先もトラをお手元に置きたければ、そうするのが一番です」

アウレリアはブーツをまじまじと見た。これまで見たこともないブーツの一面を、たったいまはっきり見てしまった。ユリウスの言うとおりだった。ブーツには危険をもたらす可能性があるのだ。それでも自分は手元に置きたいのか？

「行きなさい」アウレリアが侍女《じじょ》に言った。「だれも連れてこなくていいわ。何も言わないで。水を持ってきて、床《ゆか》を洗ってちょうだい」

侍女《じじょ》が消えた。アウレリアはユリウスのそばに寄る――これまでこんなに近づいたことはなかった。男の肌《はだ》のにおいがかげる距離《きょり》で、肩《かた》の傷をまぢかで見る。一瞬《いっしゅん》、相手の痛みが自分の痛みのように感じられた。

「家に着くまで、傷を覆《おお》っておいたほうがいいわ」ユリウスにそっと言う。

ユリウスも、そうしてもらうより仕方なく、断れなかった。アウレリアはプールのへりにユリウスをすわらせると、ユリウスのトゥニカの胸元から垂れている布地を引き裂《さ》いた。ぎこちない手つきながら、それで傷ついた部分を慎重《しんちょう》に巻いていく。そのあいだ、ユリウスは歯を食いしばって、アウレリアの頭を上から見下ろしている。これほど近くに彼《かの》女《じょ》がいる。その事実に気をとられて、痛みなどまったく感じない。アウレリアが動くたびに、彼女《かのじょ》の髪《かみ》があごの下をくすぐる。ユリウスはその髪《かみ》のにおいをかぎながら目を閉じた。痛みを感じるんだ！　この苦しさから気をそらせるなら、どんな痛みでもかまわない！　恐怖《きょうふ》におののいている自分の脳に、ユリウスは必死に言いきかせる。

マルクスはそんなふたりを警戒《けいかい》の目で観察していた。以前に父が、ハチに首を刺《さ》され、その傷を母が手当てしているのをじっと見ていたことがある。母はいまのアウレリアと同じように、緊張《きんちょう》している父にかがみこみ、優しくていねいに、傷を指で押《お》して毒を出していた。こうすると痛いけれど、がまんしてねと言いながら。それが愛であるとわかるぐらいに、いまはマルクスも成長していた。

もし皇帝《こうてい》がそれに気づいたらどうなるか。一頭のトラがどれだけ暴れようと、皇帝《こうてい》が激《げき》怒《ど》すれば、その足下にも及《およ》ばないだろう！

6 アウレリアも闘技場《とうぎじょう》へ

ブルートの準備が万全にととのった。

訓練師には確信があって、ずいぶん誇《ほこ》らしげにブルートにそれを伝えた。まるでその骨も、筋も、牙《きば》も、爪《つめ》も、トラ一頭をすべて自分の手でつくりだしたかのようだった。ブルートには人間の言葉はわからないが、それでも二本足が興奮して、うずうずしているのを感じ取り、これまでとはちがう何かが起きるのだと感づいていた。闘技場《とうぎじょう》の地下の、暗くて不快な岩穴に閉じこめられているほかの動物たちも、それに気づいて落ち着きを無くし、警戒《けいかい》信号を発していた。とりわけ年老いたクマはそうだった。これまですべてを見てきた彼《かれ》には、仕込《しこ》まれてきた動物が闘技《とうぎ》に出る日が近いのを敏感《びんかん》に察知できた。

そういう信号を受けとめれば普通《ふつう》は脅《おび》えるはずが、ブルートはそうではなかった。たまらない興奮に全身がじんじんして、むしろ快感を覚え、毛を逆立てて、舌からよだれが垂れるのに任せている。じっとしていられずに檻《おり》のなかを歩きまわり、食欲を刺激《しげき》するために置かれた肉片さえ無視している。刺激《しげき》など不要で、闘争心《とうそうしん》はぎりぎりまで高まっていた。本能が彼《かれ》に、地上で死が待っていると教えている――自分の死ではなく、自然界に生息する敵の死だ。飛びかかり、引き裂《さ》いて、噛《か》み切って、ずたずたにしてやりたい。限界までふくらんだ焼けつくような欲望が、外へ吐《は》きだされるのを待って、ジュージュー音を立てている。

アウレリアの十三歳《さい》の誕生日が近づいてくると、そろそろ闘技《とうぎ》を見るのも解禁するべきだろうと、マルクスは思った。

それを父に話したところ、父は皇帝《こうてい》と浴場でいっしょになったときに、その話を持ちだした。なかなかない打ち解けたひとときで、ともにタオル一枚だけの全裸《ぜんら》で、石のベンチの上に並んで横たわっている。そうやって床《ゆか》から立ちのぼる熱に汗《あせ》をかいているあいだ、奴隷《どれい》たちがふたりの筋肉をもみほぐし、へらで垢《あか》をこすり落としている。

「うちの生意気な息子が、そろそろ皇帝《こうてい》のお嬢《じょう》さまにも、この世界で知るかぎり、最高の経験をさせてやるべきでしょうと、そう言うんです」奴隷《どれい》に背中をとんとんたたかれながら、元老院議員が言う。

最高の経験とは何か、皇帝《こうてい》は聞く必要もなかった。

この世で最高の娯楽《ごらく》がなんであるか、知らない者はいない。皇帝《こうてい》はひと声うなってから顔をそむけ、しばらくだまっている。元老院議員は待った。じつは元老院議員は、息子からそれとなくほのめかされていた。アウレリアがこれまで一度も闘技場《とうぎじょう》に姿を現さないのは、彼女《かのじょ》があまりに傷つきやすいのを父親が心配しているせいなのだと。それは皇帝《こうてい》の娘《むすめ》にはふさわしくない資質だった。

「そうかもしれないな」ついに皇帝《こうてい》が口をひらいた。「あいつも十三になる。もはや子どもとは言えない……そろそろ出て行かないと、市民が不審《ふしん》を抱《いだ》きだす。もちろん問題は母親だ。アウレリアをああいう世界に近づけまいとする。あれだけすごいものに、妻は少しも興味を示さない……だがたしかに、何か手を打つべきだろう。それも早いほうがいい」

皇帝《こうてい》は頭をめぐらせて元老院議員にむきなおった。「来週の誕生日に出かけていくというのはどうだろう？　わたしたちふたりが、それぞれの子どもを連れて。若きマルクスは、皇帝席《こうていせき》にすわらせれば、よろこんでくれるだろうか？」

あまりに光栄な誘《さそ》いに、元老院議員は息を呑《の》んだ。

「それはもう、大よろこびですよ！　ありがとうございます」

「仲の良い友だちどうしと聞いているが？」

「うちの息子はお嬢《じょう》さまを一番の親友だと思っております。しょっちゅう、お嬢《じょう》さまのことを話すんですよ」

皇帝《こうてい》は半分おどけて言う。「悪口ではないといいんだが」

「何をおっしゃるんですか！　ほめるいっぽうですよ」それは事実にはほど遠かった。マルクスは人に聞かれる心配のない家のなかでは、ずいぶんひどいことを言って、親にたしなめられていたのだ。しかし、皇帝《こうてい》の耳に入ったらまずいのはわかっていたから、それについて、元老院議員はいっさい口をつぐんでいる。

マルクスはその報《しら》せを聞いて有頂天《うちょうてん》になった。しかしアウレリアはそうではなかった。

気が進まないことを母親に訴《うった》えた。

「ママ、わたし闘技《とうぎ》は好きじゃないのに、パパが誕生日に無理やり行かせるの。好きとか嫌《きら》いとか、おまえの気持ちは関係ないって言って」

母親は娘《むすめ》をひざに引き寄せた。「お父さまとしては、そう言わざるを得ないのでしょう」母親が優しく言う。「もちろん、わかってるわよ。あなたが闘技《とうぎ》を残酷《ざんこく》だと思っているってことは。ここだけの話、じつはわたしもそうなのよ。でも民衆を楽しませておくためには、闘技《とうぎ》が必要なの」

アウレリアはまゆをひそめた。「殺し合いを見て、何が楽しいっていうの？　恐《おそ》ろしいばかりで、胸が悪くなるはずでしょ！」

母親はにっこり笑う。「本当はそうよね。だけど民衆は血に飢《う》えているの。下々《しもじも》の人たちは退屈《たいくつ》な毎日を送っているから、血を見て興奮したいのよ」

「でも、わたしたちは下層の人間じゃないわ！　それなのに、どうして闘技《とうぎ》なんかに夢中になるの？　パパだって、自分が皇帝席《こうていせき》で観戦すれば、民衆がよろこぶから行くんだなんて言ってるけど、パパ自身好きなのよ。だって、自分の見た闘技《とうぎ》のようすを満足げに話しているのを聞いたもの。動物や人間が殺されるのを話すときのマルクスと同じよ」

母親は、あたりにさっと目を走らせて、自分の唇《くちびる》に指を一本あてがった。

「シーッ、口をつつしんで！　お父さまを批判したり、見くだしたりする発言は禁物よ。お父さまは皇帝《こうてい》であって、皇帝《こうてい》のすることに疑問を投げかけたり、失礼な物言いをしたりしてはなりません！　お父さまは民衆の好むことを自分も経験することで、民衆を満足させる最善の方法をさぐられているのですよ」

アウレリアは深いため息をついた。「じゃあ、やっぱり行かないとだめ？」

母親はうなずいた。それから娘《むすめ》に顔を寄せてそっと耳打ちする。

「見ていられない状況《じょうきょう》になったら、目をつぶっていなさいな。ただし、顔をそむけたり、手でおおったりするのはだめ。闘技《とうぎ》を堂々と観戦していると見せかけるのよ。ふりをしていればいいの。ショールを前にずらして、顔を隠《かく》してもかまわないわ。そうすれば最悪の場面はほとんど見ないですむ」

「まぶたのように、耳ぶたがないのが残念だわ」とアウレリア。「目で見る光景よりも、耳に入ってくる音のほうが恐《おそ》ろしいに決まってるもの。なのにそれを防ぐ手立てがないなんて」

ローマの夏の日がたいていそうであるように、その日もまぶしいばかりに熱い陽光がさんさんと降り注ぐ一日となった。マルクスは慎重《しんちょう》に身だしなみをととのえ、黒い巻き毛を香油《こうゆ》でていねいになでつけてから、父親の前に出ていった。上唇《うわくちびる》の上にうっすらと生え始めている柔《やわ》らかな茶色いひげを、その日初めて、身のまわりの世話をする奴隷《どれい》にそらせていた。父親はすぐに気がつき、軽いからかいの言葉が口から出てきそうになったが、ぐっと飲みこんだ。こういう特別な機会には、ふだん以上に気をつかわねばならないと、息子もちゃんとわかっている。それがうれしかった。

「用意はいいかね？　よし、それじゃあ出発しよう」

アウレリアは、これといって外見に余計な気をつかうこともなかった。気をつかうのは母親のほうで、いつも娘《むすめ》が肩《かた》からかけているショールを、新しいもっと贅沢《ぜいたく》なものに替《か》え、サンダルも金色のものをはかせた。

「わかるわね、観客の目がいっせいにあなたに集まるの。お父さまの顔に泥《どろ》を塗《ぬ》るようなことがあってはなりませんよ」

出発の十分前に、アウレリアが中庭にさっと出ていって魚にえさをやっていると、そこへユリウスがブーツといっしょにやってきた。今日がアウレリアの誕生日だと聞いていたユリウスは、思い切ってプレゼントを用意してきた。といっても大層なものではなく、なかに砂糖菓子《がし》を入れた小さな化粧箱《けしょうばこ》ひとつだ。

「まあ、ユリウス!」アウレリアが声を張り上げた。「来てくれたのね! ごめんなさい、連絡《れんらく》を入れるのを忘れていたわ。今日はブーツといっしょに過ごせないの。父と闘技《とうぎ》場《じょう》へ行くのよ」

ユリウスはしばらく何も言わずに、アウレリアの顔をまじまじと見た。それから帰ろうと背をむけた。と、そこでアウレリアがいきなりユリウスのうでに手をふれた。めったにないことで、その小さな手のぬくもりを感じて、ユリウスの血管を鋼《はがね》の矢がかけめぐる。

ユリウスは振《ふ》り返った。

「わたし、行きたくないのよ、ユリウス! 無理やり連れて行かれるの。もしできるなら

「……」

「お嬢《じょう》さま、何をお望みですか？」

アウレリアがうなだれた。「あなたがいっしょに行ってくれるといいんだけど」

「どうしてです？」しばらくしてユリウスが小さな声で聞いた。これだけ緊張《きんちょう》しながら、まだ声が出るのが不思議だった。

「経験豊かで、闘技《とうぎ》についてよくわかっている――動物についても――だから……助けてもらえるんじゃないかと思って。泣いたりして、父の顔に泥《どろ》を塗《ぬ》りたくないの」

アウレリアに上目づかいでじっと顔を見つめられて、ユリウスは心臓を貫《つらぬ》かれた心地がした。魚や鳥や蝶《ちょう》といった、どんなちっぽけな生き物でも、アウレリアはその命を大切にする。以前には、床《ゆか》をはっていたクモがふまれてしまわないよう、安全なところへ運んでいくのさえ見たことがあった。それがどうして、父親に無理やり見せられる残酷《ざんこく》な光景に耐《た》えられるだろう？　いま自分を一心に見上げている、優しく無邪気《むじゃき》な目に、明日ふたたび会ったとき、どんな変化が現れているだろう？　流血の恐怖《きょうふ》から彼女《かのじょ》を守れるなら、自分はなんだってしよう！

しかしユリウスにはどうすることもできない。

それとも、できるのか？

「お嬢《じょう》さま」おずおずと切りだした。「わたしがお供《とも》する、そんな小さなお望みなら、きっとお父さまの承諾《しょうだく》も得られましょう」

不安な表情がさっと消えて、アウレリアは満面に笑みを浮《う》かべた。いそいで走っていったが、五分たってももどってこない。待っている時間がユリウスにはとてつもなく長く感じられる。そのあいだに四人の奴隷《どれい》をつかって、立派な大人のトラに成長したブーツが入っている大きな檻《おり》を動物園にもどさせることにした。「わが友よ、心配はいらない」ブーツにむかって言いきかせる。「明日になれば、またお嬢《じょう》さまに会える」トラもまた自分と同じように、アウレリアに会いに宮殿《きゅうでん》を訪れるのが大好きだと、ユリウスは信じて疑わなかった。

「あなたも来ていいって！」姿が見えるより先に、アウレリアの大きな声があたりにひびきわたった。ものすごい勢いで走ってきて、息をはあはあ切らしている。「ほかの観客の対応に追われているあいだ、闘技《とうぎ》についていて、あなたから詳《くわ》しく教わるといいって。ああ、なんだかもうぜんぜん怖《こわ》くなくなったわ！　目をつぶらなきゃいけないときは、教えてね！」

「目をつぶる？」

「そうよ！　残酷《ざんこく》な場面になりそうだったら、見ないの！　でもあなたは何も言っちゃだめよ。となると、合図が必要ね。小さくせきをしてちょうだい――たとえば、こんなふうに！」そう言ってアウレリアはせきばらいをしてみせる。

「なるほど、承知いたしました」ユリウスがまじめな口調で言った。

7 最高の娯楽《ごらく》

皇帝《こうてい》の馬車が巨大《きょだい》なコロセウムに到着《とうちゃく》したときには、正面入り口の両脇《りょうわき》に兵士たちがずらりと二列になって待機していた。公的な行事には必ず皇帝《こうてい》につきそう近衛兵団《このえへいだん》だ。そのあいだを皇帝《こうてい》の一団——アウレリアに加えてマルクスとその父親、さらに、失礼のないよう、かなりの距離《きょり》を置いてユリウスもついてくる——が歩きながら、群衆の拍手《はくしゅ》に応えている。皇帝《こうてい》が観戦するときはいつも大盛りあがりだったが、今日はその皇帝《こうてい》がレディ・アウレリアを連れてきているので、観客のよろこびは測り知れなかった。

「初のお目見えだぞ！」観客席が沸《わ》きに沸《わ》いている。「今日やってきた客は運がいい！考えてもみろ、生まれて初めて闘技《とうぎ》を見るんだ、どれだけ興奮することか！」みな自分が初めて闘技場《とうぎじょう》を訪れた日のことを思いだしており、今日は皇帝《こうてい》の娘《むすめ》が立派なローマ市民と認められるための儀式《ぎしき》に列席しているような、そんな晴れがましさを覚えている。

カエサルはずっと左右に目をむけて、あいさつをしてくる群衆に軽くうなずいており、マルクスもまた、その真似をしようとして、首を左右にひねっては、誇《ほこ》らしさと興奮でにやにや笑い、弾《はず》むような足取りで歩いている。まるで「ほら、みんな見てよ、ぼくはカエサルといっしょに歩いてるんだよ！」と心のなかで叫《さけ》んでいるかのようだった。

アウレリアのほうはまったく冷静にコロセウムのなかへ入っていった。足取りも着実に、すっと持ち上げた頭から青と銀のスカーフを垂らし、若いながら威厳《いげん》たっぷりだった。そこから十歩ほどはなれて歩いているユリウスは、前方の豪華《ごうか》なスカーフにずっと目を据《す》えており、アウレリアが、振《ふ》りむかないのはもちろん、正面からわずかも顔をそらさないのに気づいていた。その姿を一目見ようと、近衛兵たちの革に包まれた肩越《かたご》しから首を長く伸《の》ばしている騒《さわ》がしい庶民《しょみん》の群れを侮蔑《ぶじょく》するかのような態度だった。しかしユリウスはまたべつのときにアウレリアが、ブーツを脇《わき》にすわらせて馬車に乗り、うっとり見とれる民衆ににっこりわらって手を振《ふ》っている場面も見ており、いまの彼女《かのじょ》は心の動揺《どうよう》を隠《かく》すために気を張っているのだろうとわかった。

日差しを遮《さえぎ》る巨大《きょだい》な天蓋《てんがい》が張りだした皇帝《こうてい》専用のボックス席で、カエサルが席順を決める。自分はどまんなかにすわり、その両脇《りょうわき》にマルクスの父親と、またべつの特権的な元老院議員をすわらせる。アウレリアはマルクスと隣《とな》り合わせにすわらせ、その反対隣《はんたいどなり》にすわるよう、ユリウスに王者然とした態度で示す。ユリウスはうやうやしくお辞儀《じぎ》をして席にすわった。マルクスは驚《おどろ》いて怒《いか》りを露《あら》わにする。

「この男がこんなところにきて、いったい何をしようって言うんだ？　きみの隣《となり》にすわるなんておかしい、単なる奴隷《どれい》じゃないか！」

アウレリアは誇《ほこ》り高くあごを持ち上げ、口の端《はし》から言う。「いっしょに来てちょうだいって、わたしがお願いしたの。あなたには関係ないことよ！」

「ぼくは気に入らない！」

そこでアウレリアはマルクスとむき合った。

「あなた、ひげをそったのね。上唇《うわくちびる》の上がつるつるしてて、まったくマヌケに見えるわよ。ひげが生えてきたから、ユリウスのような男とも一人前にわたりあえるなんて、そんなふうに思ってるわけ？　ばっかみたい」

皇帝《こうてい》の娘《むすめ》にはふさわしくない会話だったが、運良く人に聞かれることはなかった。皇帝《こうてい》の一行がボックス席に入ったときから、大勢の群衆が耳をつんざくような歓声《かんせい》を上げていたからで、会場の興奮はいつまでたっても収まらない。もうこのぐらいでいいだろうと満足した皇帝《こうてい》が立ちあがり、両手を宙に掲《かか》げる。まるで剣《けん》を振《ふ》り下ろしたかのように、場内がしんと静まった。

皇帝《こうてい》は、大勢いる民衆のひとりひとりが皇帝《こうてい》とじかに目を合わせているような気分になるよう、観客席にゆっくりと目を走らせていく。

「ようこそ、ローマ市民よ。いざ闘技《とうぎ》を始めようではないか」長い練習の成果にくわえて、会場の音響《おんきょう》効果もあって、怒鳴《どな》らなくとも、皇帝《こうてい》の声は一番奥《おく》のベンチまで届いた。

トランペットの音が華々《はなばな》しくひびいた。アウレリアがひざの上で両手を拳《こぶし》に握《にぎ》り、マルクスが興奮して身体をそわそわ揺《ゆ》すっているうちに、いよいよショーが始まった。

幕開けは、いつものように場内のパレードだ。先頭を行くのは剣闘士《けんとうし》らで、それはマルクスが説明してくれたとおりだったが、その目も眩《くら》むような豪華《ごうか》さを表現する上で、マルクスの言葉はまったく無力だった。兜《かぶと》とよろいの胸当てがまばゆく輝《かがや》いて、彼《かれ》らの掲《かか》げる短剣《たんけん》もまた、強烈《きょうれつ》な日差しを受けとめてギラリと光り、その光がまた観客の目に反射してきらきら光っている。その後ろには、動物と二流どころの剣闘士《けんとうし》一団が続いた。年老いたクマが鎖《くさり》につながれて登場し、親しみのこもった笑い声と拍手《はくしゅ》にむかえられる。クマは突《つ》つかれて後ろ足で立ち上がり、観客にむかってお辞儀《じぎ》のようなかっこうをしてみせる。カエサルは微笑《ほほえ》んで身を乗りだし、娘《むすめ》に陽気に話しかけた。

「あの老クマには、なんの危害も及《およ》ばない。安心して見ていられるぞ」

ユリウスは闘技《とうぎ》の場を一心に見つめていた。いまでは友だちのようになったカイウスから、今日は特別な興行が行われると聞いていたのだ。一頭のトラ――ローマでもめったに見られず、地方の町では知る者もいない稀少《きしょう》な動物――が今日初めて登場する。それはおそらく、カイウスが訓練してきたブルートだろうとユリウスはにらんでいた。ブーツと同じ母親から生まれた兄弟だ。この「新人」は当然ながらパレードには参加せず、血湧《ちわ》き肉躍《にくおど》る本日最大のお楽しみとして、プログラムの終わり近くまでとっておかれるはずだった。マルクスと同じように、やはりユリウスも、目の前を練り歩く男たちから目をはなせない。今日一日のショーが終わる前に、このなかのどの男が、あの獰猛《どうもう》な獣《けもの》と戦う運命にあるのかと、考えずにはいられなかった。

場内をひとめぐりした剣闘士《けんとうし》と動物は、皇帝《こうてい》の席の前に整列した。剣闘士《けんとうし》らが剣《けん》を掲《かか》げて、声を揃《そろ》えて叫《さけ》ぶ。「皇帝万歳《こうていばんざい》！　死に行くわれわれが最後にあいさつします！」

アウレリアの背筋にふるえが走り、喉《のど》に息がからみつく。死に行くわれわれ……。「あの人たち、みんなが死んでしまうの？」ユリウスにそっとささやく。

「いいえ、もちろんそんなことはありません。あれは皇帝《こうてい》に敬意を表する形式的な言葉。剣闘士《けんとうし》はとても貴重ですから、ショーのたびに、皆殺《みなごろ》しになるなどということはありません。多くは勝利するか、皇帝《こうてい》が親指を立てた結果、また新たな戦いに挑《いど》むことができるんです」

親指を立てることの意味も、その逆である親指を下にむけることの意味も、アウレリアは知っていた。マルクスがよく口にし、真似してみることもあって、大胆不敵《だいたん》なことではあるものの、アウレリアと遊んでいる最中に、この合図をつかっていばって見せることがあった。親指を立てれば、それは助命を示し、見事な戦いぶりだったとほめられているのである。逆に、闘技《とうぎ》の最中に親指を下にむければ、口にするのもはばかれる、考えつくかぎりの荒《あら》っぽい罵倒《ばとう》を意味した。しかし、ここでそれが意味するのはただひとつ、死であることもアウレリアにはわかっていた。

それでユリウスにむかって賢《さか》しげにうなずいた。

「ああ、ほっとした。パパがあの全員に親指を立ててくれるといいわ！」

ユリウスは何も言わなかった。どんな闘技《とうぎ》であっても、戦う男たちが全員生きのびるということはあり得ない。数人でも死者が出なければ、民衆が満足しなかった。ユリウスは胃をかきまわされるような気がした。隣《となり》にすわるアウレリアがいま、興奮に目を輝《かがや》かせている。おそらく、彼女《かのじょ》も嫌《きら》いではないのだろう。闘技《とうぎ》に夢中になる……この病には、だれでも簡単にかかってしまうのだ。じつのところ、ユリウス自身もそれに感染している。血に飢《う》えて残虐《ざんぎゃく》な行いを好む、ほかの大勢と彼《かれ》のちがいは、それが病であるとわかっているか、いないか、その一点だけだった。これは間違《まちが》いなく病気であって、こんなものに魅了《みりょう》されるのは不健全きわまりない、人間失格だとも言えるのだが、それでも夢中になってしまう。しかし、いま自分の隣《となり》にすわっている美しく純粋《じゅんすい》な、こちらが密《ひそ》かに思いを寄せている人には、この病気にかかって欲しくなかった。目の前で繰《く》り広げられる男たちや獣《けもの》たちの残酷《ざんこく》な戦いに目をみはり、食い入るように見つめる。この人にかぎって、そんなことはあってはならないと、アウレリアの顔を見ながら、ユリウスの胸にこれまで感じなかった恐怖《きょうふ》が生まれる。残虐《ざんぎゃく》と流血に魅入《みい》られる病に感染する前に、彼女《かのじょ》を抱《だ》きあげて遠くへ連れ去りたいと、そんな衝動《しょうどう》にかられるのだった。

しかし、その点について、じつはユリウスの心配は無用だった。小競り合いに過ぎない初めの戦いはアウレリアに興奮も快感も残さずにあっけなく終わった。

そしてそれからすぐ、母親から教わった目をつぶる作戦が活用されることになる。さあお楽しみの始まりだと登場してきたのは、立派な身ごしらえをした、背の高いふたりの剣《けん》闘士《とうし》。片方は剣《けん》一本で、もう片方は網《あみ》と、長い柄《え》の先に三つに分かれたするどい先端《せんたん》を持つ、三つ又《また》の槍《やり》で戦った。それぞれにぐるぐると歩きまわりながら、しゃがんでは武器を突《つ》きだすことを繰《く》りかえしている。剣《けん》を持ったほうが数度剣《けん》をたたきつけたが、いずれも惜《お》しいところで敵にかわされた。と、そこへ巧妙《こうみょう》に投げられた網《あみ》がずしりと落ちてきて、剣《けん》の男は真鍮《しんちゅう》でできた三つ又《また》の先で兜《かぶと》を打たれ、そのまま地面に倒《たお》れてしまった。砂の上でもがき、手足をばたつかせている。カエサルは立ち上がりもせず、すわったまま気だるげに親指を下にむけてみせた。網《あみ》を仕掛《しか》けた男は、地面でのたうっている男の横にひざをつくと、短剣《たんけん》で彼《かれ》の喉《のど》を切り裂《さ》いた。

ユリウスは闘技《とうぎ》に夢中になって、せきをするのを忘れていた。しかしアウレリアは合図などなくても目を閉じていた。それからずっと目をつぶったままでいて、もう大丈夫《だいじょうぶ》だとユリウスに上腕《じょうわん》を軽く押《お》されて、初めて目をあけた。奴隷《どれい》の小集団が闘技場《とうぎじょう》に出ていって掃除をし、血で汚《よご》れた砂をレーキで取り除いている。

マルクスは戦いの山場で立ち上がっていたが、いまはまたアウレリアのとなりにもどってすわり、うれしそうに顔をにやにやさせている。

「どう？　いまみたいなのは、好きかい？」勝ち誇《ほこ》ったように言う。

胸のなかで心臓が暴れていたが、アウレリアはできるだけ冷静にマルクスに顔をむけた。

「ずいぶん長かった気がしたけど」

「長い？　冗談《じょうだん》だろ！　始まってすぐ片がついたじゃないか！　それだから皇帝《こうてい》が敗者に死を宣告したんだ。もし雄々《おお》しく戦って観客を楽しませたなら、たとえ負けたとしても、皇帝《こうてい》は命を助けてくれる。だけどさっきの剣闘士《けんとうし》はまったくお話にならなかった」

「あの人だって、とても……勇敢《ゆうかん》だった」そう言ってすぐアウレリアは顔をすばやく正面にもどした。〝勇敢《ゆうかん》〟という言葉を口に出したとたん、目に涙《なみだ》がちくちく盛りあがってきたからだ。たしかにあの人は勇敢《ゆうかん》に戦った。あれだけ網《あみ》が大きく広がるというのに、剣《けん》の届く距離《きょり》はごくかぎられている――あれじゃあ、最初から勝ち目はない。不公平な対戦だからこそ、剣《けん》の男に勝って欲しかった。それが死んでしまった。人が死んだ。水のなかで腹を上にして浮《う》いている魚と同じように。勇敢《ゆうかん》で、ハンサムな若者が、どうしてあのような死をむかえねばならないのか?

胃がむかむかして吐《は》き気《け》を催《もよお》してきた。しかし午後の娯楽《ごらく》はまだ始まったばかりだった。

ショーを組み立てる人間は、観客の心理を熟知しており、連続して同じような戦いにならないよう、趣向《しゅこう》を変えてあった。そうでなければ観客が飽《あ》きてしまうからだ。次は動物どうしの闘技《とうぎ》だった。見事な衣装に身を包んだラクダ六頭が、飼育係に綱《つな》を引かれて場内を練り歩く。こぶにかかった純毛のカバーには濃《こ》い赤、緑、青の、地面に届きそうなほど長い房《ふさ》がついている。奇妙《きみょう》な形の頭を誇《ほこ》らしげに持ち上げている姿は異国情緒《じょうちょ》豊かで、どことなく優しげにも見える。

「初めて見る動物だわ！」アウレリアがユリウスに言う。ユリウスは動物の名前とともに、それがみな海のむこうの砂漠《さばく》からやってきたことを教える。「あの大きな肉球が見えますか？　ラクダたちは砂に沈《しず》むことなく、水も飲まずに、長い距離《きょり》を歩き続けることができるんです。あのこぶに水をためている。人が乗ることもできるんです」

「神々はなんて賢明《けんめい》なのかしら、それほど人間の役に立つ生き物をおつくりになるなんて！　きっとあれに乗る人たちは、わたしたちが馬にそうするように、とても大事にしているにちがいないわ！」

ユリウスはアウレリアの顔をじっと見る。「はい。まもなく、わたしのせきが聞こえると思います」

アウレリアの顔が凍《こお》りついた。「嘘《うそ》でしょ、ユリウス！　あの動物は殺されない――そうよね？　お願いだから、殺されないって言ってちょうだい！」

「お父さまが、死を望まれるのなら殺されます」

アウレリアは一瞬《いっしゅん》ユリウスの顔をじっと見た。それからマルクスと、その父親の前に身を乗りだし、ふたりの前の手すりをつかんで、父親に大声で呼びかけた。「ねえパパ！　パパが望めば、あの優しそうな生き物が殺されるって、ユリウスがいってるの。そんなこと、望まないわよね？　あんなおとなしくて、すばらしい生き物を殺すなんて、ぜったいだめよ！」

カエサルの褐色《かっしょく》の肌《はだ》が怒《いか》りに紅潮してどす黒くなり、娘《むすめ》から顔をそむけた。そんなことに答えるいわれはない。皇帝席《こうていせき》がしんと静まり、ぴりぴりした緊張《きんちょう》が走る。この件は、のちにうわさとなって広まるはずだった――皇帝《こうてい》の娘《むすめ》が、皇帝《こうてい》のなすことに疑問を差し挟《はさ》んだと。

カエサルは怒《おこ》っていたが、怒《いか》りを表に出さないことにした。まさかアウレリアが、女の弱さを丸だしにして、代わりはいくらでもいる、たかが動物ごときに同情して、このような懇願《こんがん》をしてくるとは思いもしなかった。娘《むすめ》が恥《は》ずかしくてならない。アウレリアは無言でいる父の怒《いか》りを感じ取って、自分の席に引っこんで身をすくめた。両手をわきに垂らし、放心したように口をぽかんとあけている。

マルクスの胸に、アウレリアをかわいそうに思う気持ちがこみあげてきた。

「ちょっと、アウレリア。そんなに興奮しないで。まだショーは始まったばかりなんだ。これからもっとすごいことになる。ラクダが数頭かみ殺されるぐらい、どうってことないと思うはずだよ。ライオンだって出てくるんだから！」そう言ったあとでマルクスは思い切って、ふたりの席のあいだに所在なげに垂れているアウレリアの手を握《にぎ》ってやる。「そら、しっかりしなよ！　だんだんになれるからさ」そこで声をぐっと落として、ささやくように言う。「ぼくだって、最初はいやだったんだ。それが大好きになった。きみだってそうなるよ」

涙《なみだ》で半分曇《くも》った目で、アウレリアは闘技場《とうぎじょう》内をぼうっと見ている。ラクダを率いていた男たちが行列をとめて、ラクダの背中や頭から、おもがいや飾《かざ》りをはずす。全部取り去ると、豪華《ごうか》な飾《かざ》りを手に全員ひっこんでしまった。取り残されたラクダたちは一瞬《いっしゅん》どうしていいかわからずかたまっていたが、やがて不安げにその場をぐるぐるまわりだした。まもなくスリル満点の光景が見られると期待して、群衆は息を詰《つ》めて待っている。

しんと静まる会場に、いきなりガシャンという音がひびいたかと思ったら、ゲートのひとつからハイエナの群れが飛びだしてきた。醜《みにく》い頭を低く下げて走りながら、地面のにおいを嗅《か》いでいる。しばらくして群れのリーダーが歯をむきだして甲高《かんだか》い声を張り上げたかと思うと、一番近くにいるラクダにとびかかって、毛のぼさぼさした首に噛《か》みついた。

アウレリアはまるまる十分のあいだ目をぎゅっとつぶっていた。隣《となり》の座席を両手で力いっぱいつかんで、ふるえているのを父親に気づかれないようにする。わずかでも顔を伏《ふ》せたり、そむけたりすることはできない。こちらをむいた父親に、目をつぶっているのを見られたらおしまいだ。

やはりアウレリアの予想は正しかった。目で見る光景と同じように、耳に入ってくる音が恐《おそ》ろしく、興奮する観客がまわりで上げる怒《ど》鳴《な》り声までが耐《た》えがたかった。そこへさらににおいが追い打ちをかけてくる——興奮した観客の身体からにじむ罪深い汗《あせ》と、殺戮《さつりく》の血のにおい。アウレリアの想像力がまぶたの裏に恐《おそ》ろしく鮮明《せんめい》な映像を映しだし、これなら実物を見ているのと同じだと思い、しばらくして、とうとう目をあけた。

殺戮《さつりく》のあとの清掃《せいそう》は、まだ完全に終わっていなかった。血で口を汚《よご》したハイエナたちが、むちや槍《やり》を持った奴隷《どれい》の一団に追われて、入ってきたゲートのほうへ追い立てられている。生き残ったラクダはたったの二頭。完全に恐慌《きょうこう》状態をきたしていた。後ろ足で立ち上がり、頭をのけぞらせて、恐怖《きょうふ》に喉《のど》をがらがら鳴らしている。男たちがラクダをふたたびロープにつなぐ。殺戮《さつりく》の行われているあいだ、群衆はひどく興奮して大騒《おおさわ》ぎだったが、いまは満足げに椅子《いす》の背にもたれて、近くの人と笑顔で言葉をかわしている。

アウレリアはまわりを見まわして呆然《ぼうぜん》となった。これはいったい、どういうこと？　みんながみんなよろこんでいる！　あの美しい動物があれだけ傷つけられ、殺されたというのに、少しも動揺《どうよう》していない！　急に恐《おそ》ろしくなって、胸がむかむかしてきた。もしこれが続いたら——闘技《とうぎ》がすべて終わるまでここにいたら——もう二度とローマ市民を自分の同胞《どうほう》とは思えないだろう。そう考えると、まったく知らない絶望の淵《ふち》にひとり落とされていく気分になった。

そのあとは、また別の武器をつかって、男どうしの戦いが趣向《しゅこう》を変えて数回続いた。武装したひとりの剣闘士《けんとうし》と戦うよう闘技場《とうぎじょう》に出された筋肉隆々《りゅうりゅう》の男四人。こちらはみな丸腰《まるごし》で、剣闘士《けんとうし》から武器を奪《うば》おうと、その周囲をぐるぐる回り、闘争心《とうそうしん》をむきだしにして飛びかかっていく。しかし剣闘士《けんとうし》は早くもひとりを殺し、もうひとりに傷を負わせた。皇帝《こうてい》は心を動かされて、剣闘士《けんとうし》を助けることにした。死んだ男が足を持ってひきずられていき、砂の上に長いすじを残していく。別の試合では、短剣《たんけん》だけを武器にふたりの男が戦い、そのうちに一人が倒《たお》れた――死んだのか、そうでないのか、アウレリアにはわからない。勝者は観客から拍手喝采《はくしゅかっさい》をもらい、皇帝《こうてい》からは命をもらった。スリルに満ちた戦いが、まるまる十五分にわたって繰《く》り広げられたのに満足して、皇帝《こうてい》は親指を立てていた。

そのあとに幕間《まくあい》のショーが披露《ひろう》された。このあいだに闘技場《とうぎじょう》内の砂がレーキでならされ、鉢《はち》に植えられた大量のヤシの木や、プランターに植えられた植物がつぎつぎと並べられて、ジャングルのような風景がつくられていく。

「これだよ、これ！」マルクスが隣《となり》で大声を上げる。「お待ちかね！　野獣《やじゅう》の出番だ。これはすごいぞ！」言ったあとで、アウレリアの真っ青な顔と、かたく握《にぎ》りしめている両手を見て、「楽しみじゃないの？」と聞く。

「いいえ、すごく楽しみよ」パーティに呼ばれた子どものようにアウレリアは礼儀《れいぎ》正しく答え、緊張《きんちょう》した指でショールの位置を直す。「本当に来てよかったわ」マルクスは一瞬《いっしゅん》疑わしげな顔を見せたものの、皮肉がまったく通じていない。あっさりアウレリアの言うことを信じ、それと同時にちょっとがっかりもしていた。アウレリアが悲鳴を上げて失神でもすれば、自分が男らしいところを見せられるのにと半分期待していたからだ。

ハンターの格好をした男が八、九人、棒や槍《やり》を持ってあちこちのゲートから登場し、獲《え》物《もの》をさがすように、木々や植物のあいだを歩き回りだした。網《あみ》を持っている者や、罠《わな》を仕《し》掛《か》けるために穴を掘《ほ》っている者もいて、その下には実際に跳《は》ね上げ戸が隠《かく》れているのだった。獲物《えもの》に気づかれないようにと「罠《わな》」の上には小枝や木の葉も撒《ま》かれて、なかなか芸が細かい。やがてハンターたちは偽《にせ》の下生えに身を潜《ひそ》めて、主役の登場を待った。

「あの人たちは何？　鎧《よろい》を着ない剣闘士《けんとうし》なの？」アウレリアが聞く。

「いいえ」とユリウス。「彼《かれ》らは貴重な剣闘士《けんとうし》ではありません。おそらく犯罪者か、遠い地の戦闘《せんとう》で捕虜《ほりょ》になって連れてこられたんでしょう」ユリウスは、経験豊かな目でハンター姿の男たちをじっと観察する。みな背がとても高く、なかには白い肌《はだ》で金髪《きんぱつ》の男もいる。「おそらくブリトン人か、もっと北方の国からやってきたんでしょう。われわれの軍は常時、そういう奴隷《どれい》をこちらへ送りこんでくる。そのなかで一番強い者を闘技《とうぎ》に参加させるんです。そういう人間は、運が良ければ、雄々《おお》しく戦って自由を得ることもできます」

「じゃあ、あなたも？」ふいに興味がわいてきてアウレリアが聞く。「あなたも闘技《とうぎ》に出て自由を勝ち取ることができるの、ユリウス？」

「いいえ、お嬢《じょう》さま。残念ながら、わたしは戦いにはむきません」

何千という観衆がふたたびしんと静まり、これから起きることを、息を詰《つ》めて待っている。

アウレリアも待った。今度は目をあけている。周囲の緊張が伝染して、彼女《かのじょ》もまた座席のへりまで身を乗りだしていた。恐《おそ》ろしくはあるものの、やはりマルクスと同じように、何が起きるのか知りたかったのだ。マルクスは身を乗りだして手すりによりかかり、歯をぎりぎりと食いしばって期待に息を荒《あら》くしている。

ユリウスもまた身を乗りだしていた。咳《せき》をしなければならないことも、すっかり忘れている。〝ジャングル〟のまんなかの、ある一点に目を釘付《くぎづ》けにして、リフトに乗って地上へ上がってくるトラの姿を想像していた。いまにもあそこから――。

突然《とつぜん》、競技場に置かれた罠《わな》のひとつから、長い炎《ほのお》のように黄褐色《きかっしょく》の光が勢いよく飛びだした。それに四万人の観客が一斉《いっせい》に反応し、はじかれたように立ちあがる。獣《けもの》が皇帝席《こうていせき》とむき合う形で飛びだしたようで、それがかっとひらいた口は一瞬《いっしゅん》赤い傷のように見え、するどい小骨のような牙《きば》がぬらりと光った。アウレリアはすっかり魅了《みりょう》され、信じがたいスピードで動く幻影《げんえい》としか思えない生き物から目をはなせない。まるでそれが、四方八方へ同時に飛びかかっていったかと思うほどに、一瞬《いっしゅん》ののちにはもう、三人の〝ハンター〟が作り物のジャングルのなかにぐったり身を横たえていた。うちひとりは腹を切り裂《さ》かれて、砂の上に内臓があふれている。

皇帝席《こうていせき》にすわる女のひとりから、甲高《かんだか》い悲鳴が上がった。われを忘れていたユリウスがはっとして、アウレリアをうでのなかに入れ、その顔を自分の胸に押《お》しつけた。

トラの攻撃《こうげき》はまだ終わってはいなかった。恐怖《きょうふ》におののいて逃《に》げだそうとするハンターらを追いかけていき、まもなくふたりの男に襲《おそ》いかかって砂の上をひきずった。男ふたりはひきずられながらも、まだあきらめず、はいずって逃《に》げようと必死だった。腹を裂《さ》かれた男が金切り声を上げている……見ている観衆も正気を失ったように歓声《かんせい》を上げている。

悲鳴に悲鳴が重なっていくなか、ユリウスは、近くにいる数人の女性客が失神するのを目《もく》撃《げき》した。

闘技場《とうぎじょう》内の殺戮《さつりく》は依然《いぜん》として続いており、ブルートは手の届くところにいる人間すべてに襲《おそ》いかかっていく。

競技場と観客席を隔《へだ》てる防御壁《ぼうぎょへき》に三、四人が飛びついた。壁《かべ》の高さは大人の背丈《せたけ》の二倍ほど。それを必死にのぼって逃《に》げようとしている彼《かれ》らに、観客席から笑い声が上がる。もっと雄々しい数人は逃《に》げたい気持ちをこらえて木のかげに身を隠《かく》し、そこからトラ目がけて槍《やり》を放り投げた。しかしトラの勢いにすっかり気圧《けお》されて、槍《やり》は思った方向には飛んでいかなかった。一本の槍《やり》が音を立ててブルートの脇《わき》をかすめる——それが彼《かれ》に、訓練師に突《つ》かれた経験を思いださせ、怒《いか》りの炎《ほのお》に油を注ぐ結果となった。まるで復讐《ふくしゅう》を果たすかのように、ブルートはその槍《やり》を投げてきた男に飛びかかっていって、喉《のど》を切り裂《さ》いた。

そのあともブルートは猛烈《もうれつ》な勢いで走り回っては、飛びかかり、切り裂《さ》き、爪《つめ》でひっかいていたが、数分もすると、憑《つ》き物が落ちたかのようにおとなしくなった。腹がすいていたのを思いだしたのか、最初の犠牲者《ぎせいしゃ》の脇《わき》に身を伏《ふ》せて——ただし警戒《けいかい》は忘れない——

その男のはらわたをむしゃむしゃと食いだした。

マルクスが手すりのむこうに嘔吐《おうと》する。

カエサルが立ち上がった。眼下の光景にすっかり魅了《みりょう》されていて（依然《いぜん》として皇帝《こうてい》の娘《むすめ》を胸に抱《いだ》いているユリウスは運が良かった）、左右にわずかも目をそらすことなく、血まみれの死体に囲まれて獲物《えもの》をむさぼるトラを一心に見つめている。カエサルはうでを伸《の》ばして合図を出した。たちまち鎧《よろい》を着た飼育係たちが現れて（そのなかに、カイウスもいる）トラを押《お》し伏《ふ》せようと近づいていく。ブルートは歯をむきだし、言いなりになどなるものかと咆哮《ほうこう》をとどろかせる。しかし、人間の数があまりに多すぎた。大きく広げた網《あみ》やら、音を出す道具やらを持って、怒鳴《どな》り、するどい槍《やり》を突《つ》きだして、ブルートを鉄のゲートのひとつに追いこみ、なかに入れたとたん、すばやくゲートを閉めた。

それからすぐ、清掃《せいそう》を担当する奴隷《どれい》たちが、つかみ鉤《かぎ》、レーキ、ロープを手に、脇《わき》のゲートから走りでてきて、殺戮《さつりく》の現場をきれいにしだした。ふだんより時間がかかり、そのあいだに観客の少数が帰り始めた。ショーはまだ終わっていない——人気の年老いたクマがまだ登場していない——しかし、気丈夫《きじょうぶ》で血に飢《う》えたローマ市民のなかにも、もうこれでたくさんだという者がいたのである。

ユリウスはわれに返ってアウレリアを放した。アウレリアは座席に背をもたせかけて、ぼんやりした目をしている。となりにぐったりしたマルクスがいて、顔が土気色になっていた。男らしく、その日初めて奴隷《どれい》にひげをそらせた上唇《うわくちびる》に、いまは吐《は》き気《け》からくる汗《あせ》の玉が浮《う》かんでいた。

「マルクス!」アウレリアがかすかにあえいで言った。「あなたも嫌《いや》だったのね! 吐《は》いたんでしょ、知ってるわよ!」

マルクスは、ちがうとは言えなかった。目を閉じて喉《のど》から上がってくる苦い汁《しる》を飲み下すだけで精一杯《せいいっぱい》だった。口のなかが気持ち悪く、胃がむかむかしている。しばらくするとマルクスは父親にむかって訴《うった》えた。

「家に帰りたいよ」

元老院議員は何も言わない。息子にうんざりしていた。あんな子どもじみた形で弱さをさらけだした——それも皇帝《こうてい》の御前《ごぜん》で! 生涯《しょうがい》汚名《おめい》をそそぐことはできない。

「お願いだよ、パパ」マルクスが懇願《こんがん》し、しまいに金切り声で訴《うった》える。「つかれたんだよ。もう十分だ！」

「だまれ、マルクス」父親がきっぱりと言う。「しっかりせんか！　皇帝《こうてい》より先に帰るわけにはいかない！」

しかしアウレリアにはそのような制限はなかった。

「わたしもつかれた」そう言って、ふらふらと立ち上がった。「パパ、わたしは家に帰ります。ユリウスに連れて帰ってもらうわ」そこで土気色になったマルクスの顔を見て、かわいそうになる。「マルクスにもいっしょについてきて欲しいの」

父親は娘《むすめ》に失望のまなざしをむけた。あの猛獣《もうじゅう》がやり過ぎたせいで、せっかくの機会がふいになったかと危ぶんでいる。「ショーはまだ終わっていない……」ひとまずそう切りだした。

「わたしはもう十分」アウレリアが言い、だれかにとめられる前に、ボックス席の後部へさっと移動して、そこからコロセウムの外部に通じる、屋根のついた長い通路へ出ていった。そのあとにマルクスとユリウスが続く。途中《とちゅう》でふいにアウレリアが足をとめて、ボックス席へかけもどった。いそいで父親の脇《わき》に寄り、腰《こし》をかがめて耳打ちする。

「パパ！　あのトラを罰《ばっ》したりしないわよね？　わたしは――わたしは心から大好きよ！　ほんとうに素晴らしい！」

「ばかなことを言うもんじゃない。あれほど貴重な動物をどうして殺せる？」皇帝《こうてい》がつっけんどんに言う。「トラは、わが国にたくさんいるライオンとはちがう。ローマ全国にたった二頭しかいない。そのうちの一頭はおまえがよく知っているとおり、闘技《とうぎ》にはとても出せない。今日おまえが見た、あれほど見事な殺戮《さつりく》マシンは世界に二頭といないのだ」そこで皇帝《こうてい》は王者然とした顔を娘《むすめ》にむけて、厳《きび》しい目でにらむ。「あれをつかまえて、ここに連れてくるのに、どれだけの手間と金がかかっているか、わずかでもそれを知っていたら、おまえもわざわざ命乞《いのちご》いなどしなかっただろう――それもたったいま名を上げて、数時間もすれば、その名声がローマじゅうに知れ渡《わた》る動物を。奴隷《どれい》数人の命より、はるかに高い価値があるのだ」

アウレリアはゆっくりと背筋をのばして闘技場《とうぎじょう》を見下ろした。ようやく死体と血がすっかり片づいた。

「そうね、パパ」抑揚《よくよう》のない声で言う。「ごめんなさい。気がつかなくて」

そのとき、今日最後のショーを披露《ひろう》するために、脇《わき》のゲートから老いたクマが登場した。とぼとぼと歩いてくる、その巨体《きょたい》に、アウレリアはぼんやりと目をむけた。大勢の観客になじみの芸を見せて、緊張《きんちょう》をやわらげてやろうと言うのだろう。しかしアウレリアは、これから始まる芸を最初から最後まで見る気はしなかった。皇帝《こうてい》専用の無蓋《むがい》の馬車に、従兄弟《いとこ》と若い飼育係といっしょに乗りこんだが、家までの道すがら、だれひとりしゃべらず、それぞれの物思いに沈《しず》んでいた。

8 いたずら

その日を境に多くのことが変わったが、その変化は人の心の内側で起きていた。アウレリアもマルクスもユリウスも、二頭のトラも、表むきは以前と同じように暮らしていた――少なくともしばらくのあいだは。

アウレリアは皇帝《こうてい》である父に、これまで同様敬意を持って接してはいる。しかし心ははなれていて、もう以前のように愛《いと》しげに「パパ」と呼んで、胸のなかに飛びこんでいくことはなくなった。父に呼びかける必要があるときは、「お父さま」という言葉をつかった。父親も気にはなっていたが、プライドがじゃましてその理由を尋《たず》ねることはできない。妻に聞いたところで、どうせ説明できない（あるいはしたくない）だろうと思っていた。それで、つれなくなったのは、娘《むすめ》が成長したせいだと自分を納得させることにした。

ユリウスは日に日にアウレリアに思いをつのらせていった。残酷《ざんこく》な場面から彼女《かのじょ》を守るために抱《だ》きしめてからというもの、もう一度そうしたくてたまらない。あの小さな頭が、自分の胸に見えないへこみを残し、それをまたうめてくれと、胸がずっとせがんでいるような気がしていた。皇帝《こうてい》の娘《むすめ》を好きになっても意味がない、それどころか非常に危険なことだとわかっているから、忘れようとするのだが、それがどうしてもできない。自分の胸にだけその気持ちを押《お》しとどめていて、他人に知られないようにするのが精一杯《せいいっぱい》だった。

マルクスは闘技場《とうぎじょう》に行ったあの運命の日の後始末をどうつけていいか、わからずにいた。自分は一人前の男ではなく、単なる弱虫であると証明してしまった。殺戮《さつりく》の場面を正視できずに嘔吐《おうと》してしまったのだから。アウレリアは吐《は》かなかった。威厳《いげん》を保ち、ずっと冷静でいた。先頭に立ってボックス席を出ていき、皇帝《こうてい》の宮殿《きゅうでん》に帰りつくまで背筋をぴんと伸《の》ばし、青い顔をしてはいたものの、とりみだすようなことはまったくなかった。あれから数週間経つものの、マルクスは宮殿《きゅうでん》を訪れる勇気がなかった。起きてしまったことに、どう折り合いをつけていいのかわからない。それに父もまた、ふがいない息子に腹を立てていた。

「まったくいい恥《はじ》をさらしてくれたもんだ」父が言ったのはそれだけだ。しかしそれだけでマルクスには十分だった。プライドを完全に砕《くだ》かれた。結局そこから自力で立ち直るには、その事実を頭から追いやって、そんなことは起きなかったと思うしかないと結論づけた。もう闘技場《とうぎじょう》には二度と行きたくないとマルクスは思う。しかし自分を連れていこうとしない父を見ると、またそれも悲しいのだった。

さてトラたちは？

ブルートはいまや有名人と言ってよく、カエサルが予測したとおり、その名声はまたたくまに町の津々浦々《つつうらうら》まで広がった。その「演技」をひと目見たいと思う人々が大勢いて、ブルートがデビューしてからというもの、闘技場《とうぎじょう》は連日超満員《ちょうまんいん》だった。しかしブルート本人は何も特別なことをしたとは思っていない。飢《う》えて激怒《げきど》したトラが当然するように、本能と訓練に従って獲物《えもの》を仕留めたまでだった。獲物《えもの》を殺せば会場が熱狂《ねっきょう》し、二本足から褒《ほ》められてえさをもらえたが、それをうれしく思うこともなかった。依然《いぜん》としてブルートは自然から遮断《しゃだん》された狭苦《せまくる》しい場所に押《お》し込《こ》められて、不快な生活を送っており、胸には憎《ぞう》悪《お》が燃えていた。自然の音とにおいのなかで自由に狩《か》りをし、メスと交尾《こうび》し、危険から身を隠《かく》して寿命《じゅみょう》をまっとうする。そんな野生動物として当たり前の暮らしを求めてやまなかった。

たまに闘技場《とうぎじょう》に出されると、ブルートはまた殺した――おそらく、最初に登場したときのような獰猛《どうもう》さは影《かげ》を潜《ひそ》めただろうが、それでも観客にしてみれば十分に満足だった。人を食う猛獣《もうじゅう》として期待されるうちに人間の肉の味を好むようにもなって、狩《か》りの機会を与《あた》えられると、ますます二本足を夢中になって追いかけ、食らう。その残酷《ざんこく》さと迫力《はくりょく》で、闘技場《とうぎじょう》のスターとしての名声はますます高まっていった。


ブーツだけは何も変化がなかった。運良く手に入った甘《あま》やかされ放題の生活に満足しきっていた。まるでネコのように、腹一杯《はらいっぱい》食べて、快適な寝場所《ねばしょ》でぐっすり眠《ねむ》り、女主人から愛情たっぷりにかわいがられている。もはや兄のことも、自分が生まれ育った美しいジャングルのことも忘れている。このまま何事もなかったら、穏《おだ》やかで不自然な暮らしがずっと続いて、最後は老衰《ろうすい》で死んだことだろう。

しかし彼《かれ》の未来には大激変が待っていた。そしてブーツだけでなく、アウレリアやマルクスやユリウスも、それに翻弄《ほんろう》されることになるのだった。

あれからおよそ一か月が経つのに、マルクスが宮殿《きゅうでん》にまったく顔を見せないので、アウレリアも心配になってきた。決して認めたくはないのだが、マルクスに会えなくて寂《さみ》しくなったのだ。たしかに彼《かれ》は闘技場《とうぎじょう》で大勢の人の前で恥《はじ》をさらした。しかし、アウレリアだけはマルクスが恥《は》ずかしいことをしたとは思わなかった。むしろ彼《かれ》に対して温かな気持ちがこみあげてきて、それもあって会いたい気持ちがつのっているのかもしれない。そもそもアウレリアには、両親から会うことを許された友だちが、ほんのわずかしかいないのだった。

母親もまたマルクスがまったく顔を見せないのが気になっていた。

「ねえアウレリア、どうしてマルクスは来なくなったの？」

アウレリアは肩《かた》をすくめて、床《ゆか》に目を落とした。

「ケンカでもしたの？」

「してないわ」

「そうかしら？　でもきっと何かあったんでしょ？　だってこれまではしょっちゅう遊びに来ていたじゃないの」

「たぶん……マルクスは恥《は》ずかしいんだと思うわ」

「何が？」

「お父さまがわたしを無理やり闘技場《とうぎじょう》に連れていったでしょ。あの日にあったことで――」母親は娘《むすめ》がその先を話すのを待っている。「トラが……大勢の人を殺して、マルクスが吐《は》いちゃったの」

「まあ、あの恐《おそ》ろしいトラね！　もう町中のうわさになっているようよ。昨夜、ドルシラのパーティでも話題になって……」母親はそこであきれ顔をして見せる。「とても聞いていられなくなって、嘔吐場《おうとば》（古代ローマ人が宴席《えんせき》で食べ続けるために食べた物を吐《は》き出したと言われている場所）に逃《に》げこむはめになったわ。かわいそうに、マルクスは自分の目で、その光景を見たんでしょ？　吐《は》いてしまうのも当然よ。だけど、自分のお父さまの前で、それに、あなたのお父さまもいる前で、そんな姿を見せることになって、どれだけ誇《ほこ》りを傷つけられたことでしょう」しばらくじっと考えこみ、それからまた口をひらいた。

「ねえ、アウレリア。あなたのほうから遊びに行ってあげたらどうかしら。きっとよろこぶと思うのよ」

「わたしがマルクスを訪ねるの？　でも――」

「ええ、わかってるわ。たしかにそれは異例のこと。あなたのほうが社会的地位は遥《はる》かに高いんですからね。でもときに、身分の高い人間が、自分より格下の相手に腰《こし》を低くするのも、気高い精神の表れだとみなされる場合もあるのよ。どう、やってみない？　だいたい、マルクスはあなたの従兄弟《いとこ》でしょ？」

「手に負えない子どもよ」

「なんてことを言うんですか」母親がたしなめる。「思い切ってやってみなさいな。わたしのほうで手はずをととのえますからね。ただし、お父さまには内緒《ないしょ》ですよ。こういった決まり事には、とても厳しいお方ですからね」それだけ言って立ち去ろうとして、ふと母親は思いだした。「ねえ、どうしてパパじゃなくて、お父さまと呼ぶようになったの？」

　アウレリアはしばらくだまっている。それから口をひらいた。「もうパパと呼ぶ気がしなくなったの」

母親は娘《むすめ》の顔をまじまじと見る。「それもやっぱり、あなたが闘技場《とうぎじょう》で見たものと関係があるのかしら？」

アウレリアは床《ゆか》に目を落としてうなずいた。

また長い沈黙《ちんもく》が広がった。やがて母親が深く息を吸って、きびきびと動きだした。「わかるような気がするわ。でもやがてそれも乗り越《こ》えられる」と言ってから、思わず「わたしと同じようにね」と付け加えそうになった。しかしそこまで言うのはさすがにまずいと思って口をつぐんだ。世間が思っているほどには、夫との関係はうまくいっていなかった。

訪問に関する準備は、姉妹同士である母親のあいだでぬかりなく進めた。これについて、アウレリアはひとつだけ条件を出した。

「ブーツもいっしょに行かせて」

「アウレリア！　それはいくらなんでもかわいそうでしょ？　きっとマルクスは、傷に塩を塗《ぬ》られたような気持ちになるんじゃない？」

アウレリアはびっくり。「待ってよ、ママ！　ブーツはあのトラとはちがうのよ！」思いだしてぞっとする。「マルクスだってわかってるわ。彼《かれ》はブーツが好きなの。きっと会いたがってる。それにたぶん――ブーツと遊ぶことで乗り越《こ》えられるかもしれない……目に焼きついた光景を忘れて」

そのあと母親同士はさらに慎重《しんちょう》に話し合った。そうしていろいろ考えたあとで、マルクスの母親がアウレリアに賛成した。

「マルクスには、野生動物を極度に怖《こわ》がるような男にはなって欲しくないの。飼いならされた動物と遊ぶことで、そういう恐怖《きょうふ》を乗り越《こ》えられるかもしれないわ。もちろん、飼育係がそばについていることが条件だけど。あの若者は、動物を完全に手なずけているって、そう聞いているわ。わたしは恐《おそ》ろしいばかりだけど」さらにマルクスの母親はひみつを打ち明けるように先を続ける。「ところで、先週闘技場《とうぎじょう》であったことは知ってる？　あの獰猛《どうもう》な獣《けもの》が、男のうでをそっくりそのまま――」そこで相手が真っ青な顔をしているのに気づく。「ああ、ごめんなさい。こんなこと話すべきじゃなかったわ！」

アウレリアが遊びに来ると聞いて、マルクスは有頂天《うちょうてん》になった。自宅でアウレリアをもてなしたことはこれまで一度もなく、自分の使用人や奴隷《どれい》を総動員して、いろいろと用を言い付け、万全の態勢で準備にあたった。

「何もかも完璧《かんぺき》に！　床《ゆか》をもう一度掃除《そうじ》して——あそこに鳥の糞《ふん》が落ちてるぞ！　アウレリアが不吉《ふきつ》な兆候と思うかもしれない！　長いすに、もっとクッションをたくさん用意して。食べ物も飲み物も十分に。最高のフルーツジュースと砂糖菓子《がし》をアウレリアに出してやりたいんだ。それにトラには、何かおいしい肉——ウズラ——そうだ、それがいい。やつは猟鳥《りょうちょう》が好きなんだ」果てしなく続く命令に、母親が割って入る。

「あちらのお嬢《じょう》さまも、あなたが訪ねるときには、これほど大騒《おおさわ》ぎをするの？」

「まさか、そんなわけない。アウレリアは皇帝《こうてい》の娘《むすめ》だよ！　そういう人がここにやってくるなんて、それだけで、すごいことなんだ！」

「もちろん、大変に光栄なことにはちがいないわ。とはいえ、ここまでやれば十分」母親はそう言って、手をパンパンと打ち合わせて、使用人たちを下がらせる。「いいこと、マルクス。わたしはあなたに卑屈《ひくつ》にはなって欲しくないの。過剰《かじょう》なもてなしはやめてちょうだい。ふだんと同じようにふるまうの。アウレリアだってそう望んでいるはずよ」

「うん、わかった。だけどママ――どうしてアウレリアはうちに来る気になったんだろう？」

「あなたに会えなくて寂《さみ》しくなったんじゃないの。あなたが一番の親友だから」

「ぼくが？　それはちがうよ」言われてうれしかったが、自分ではそうとは思えなかった。「ぼくは手に負えない子どもだって、いつもそう言われてるんだ」

「それはまだ小さいときの話」母親がきっぱり言う。「もう立派に成長しているでしょ――もうすぐ十一歳《さい》なんだから。もっと対等に見てもらっていいのよ。ただし、お行儀《ぎょうぎ》よくして、からかったり、くだらない冗談《じょうだん》を言ったりしない。大人になるのよ。そうすればむこうだって、敬意を持って接してくれるわ」

母親はそこで、息子を第三者の目で見ようとしてみる。黒い巻き毛に、ととのった歯並び。目の輝《かがや》きも美しい、まずまずのハンサムだ。背はもう少しあるといいが、それでも肩《かた》まわりの肉付きがよくなってきている。ひょっとしたら、いつの日か……まったく可能性がないというわけじゃない。年はたったふたつしかはなれていない。二年とちょっとなど、年の差には入らない。たいていの男の子は十代の初めで婚約《こんやく》し、なかには結婚《けっこん》する子もいる。それに身分の高い家同士の縁組《えんぐ》みなら、女の子が年上であることもめずらしくない。従兄弟《いとこ》どうしで結婚《けっこん》することも、あり得ないことではない。考えるうちに、野心がみるみるふくらんで心臓がとまりそうになる。

訪問の日が近づくにつれ、アウレリアもマルクスも心のなかで期待と緊張《きんちょう》がふくらんでいった。ユリウスにも当日つきそいを頼《たの》むので、準備をしておくようにとの命令が下っていた。彼《かれ》は今回の訪問の重要性を理解しており、自分の身だしなみを精一杯《せいいっぱい》ととのえたあとで、ブーツのしまになった美しい毛並みを丹念《たんねん》にブラッシングし（ブーツはこれが大好きだった）、〝靴《くつ》〟をぴかぴかに磨《みが》いたあとで、ほおひげに櫛《くし》を通してやった。

ずっと以前からユリウスは、時間を考えてブーツにえさをやることで、お嬢《じょう》さまの前でうっかり〝事故〟が起きないように気を付けていた。ところが今回は計算をあやまってしまった。マルクスの家に到着《とうちゃく》してアトリウム（開口部付きの中央大広間）に入り、檻《おり》から出されたブーツが最初にしたのは、訪問先の美しく磨《みが》かれたモザイクの床《ゆか》にしゃがんで、力むことだった。

マルクスとアウレリアは身の置き所がないように感じ、ユリウスもまた、予想外の出来事にバツの悪さを感じた。ブーツは本能から、前足で床《ゆか》をひっかいた。それからすっと立ちあがる。どうだ、いまのはかっこよかっただろう。拍手《はくしゅ》をしていいんだぞと、そう言わんばかりの得意げな態度が、初めての訪問にかちこちになっていたふたりの緊張《きんちょう》を解いた。アウレリアもマルクスも、互《たが》いの顔をちらっと見て、次の瞬間《しゅんかん》、爆笑《ばくしょう》した。まもなくふたりとも抑《おさ》えが利かなくなり、長いすに倒《たお》れこんできんきん声を上げ、しゃっくりまでして鼻をつまむ。ユリウスまでもが危うく大笑いしそうになって顔をそむけた。

奴隷《どれい》たちが呼ばれて清掃《せいそう》が終わると、まるでしばらく会わなかったのが嘘《うそ》のように、若いふたりはすっかり打ち解けて楽しいひとときを過ごした。親同士に無理やり遊ばされているのではなく、真の友のようだった。そのようすを見ていて、ユリウスはマルクスの変化に気づいた。子どもじみたところがすっかりなくなっている。まるであの闘技場《とうぎじょう》での恥《は》ずかしい事件がきっかけで、彼《かれ》の心に変化が起きたかのようだった。

軽食が運ばれて低いテーブルに並べられると、マルクスがかいがいしく気をつかって、アウレリアに真っ先に飲み物を出すよう奴隷《どれい》に命じる。紫色《むらさきいろ》のブドウの大房《おおふさ》をみずから手にとって小分けにし、別の皿に食べやすいように載《の》せてアウレリアに差しだした。きっといまにブドウの粒《つぶ》を彼女《かのじょ》の口に入れてやるんだろうと、そう思ったそばから、ユリウスは自分が恥《は》ずかしくなる。まだあごひげも生えていない子ども相手に、何をねたんでいるのか？

ブーツは女主人とその友だちに囲まれて、すっかりくつろいでいる。みな暑すぎて遊ぶ気にはなれない。若いふたりは長いすにすわったり、寝《ね》そべったりして、まるで大人のように話をし、トラはトラでひんやりした石の床《ゆか》に身体を押《お》しつけ、前足と後ろ足をめいっぱい伸《の》ばして涼《りょう》を取っている。ふたりにほめられ、自分が話題の中心になっているのを十分意識しているかのようだった。ときどきあくびをしたり、伸《の》びをしたり。立ち上がってアウレリアのそばに行ってすわり、しまの毛並みも美しい大きな頭をひざにのせる。それでなくても暑いというのに、アウレリアは重い頭をどけようとはしなかった。耳をくすぐって、頭のてっぺんに自分の顔を押《お》しつける。しばらくするとマルクスもアウレリアに励《はげ》まされて、おずおずと背中をなで、ウズラ肉の切れ端《はし》を（うでを思いきり伸《の》ばして）差しだした。トラがそれを受けて大きな歯と歯が指のすぐそばで閉じる瞬間《しゅんかん》、マルクスは手をひっこめたいところを必死に耐《た》えた。

勇気がもどってくるにつれて、闘技場《とうぎじょう》での恥辱《ちじょく》はだんだんに薄《うす》れていき、マルクスはふだんないほどに気分がよくなっていった。ふるまいにも気を付け、アウレリアをからかったり、いやなことを言って気分を害したりすることもなかった。心配になって早い段階にようすを見に現れた母親も、息子の態度に満足してもどっていった。

おいしい食べ物や飲み物で歓待《かんたい》されたアウレリアもすっかり満足しており、マルクスの変化にはっきりと気づいていた。太陽がアトリウムの西側の屋根に沈《しず》みかけ、天井《てんじょう》の開口部をなかば覆《おお》う、花を咲《さ》かせたつる植物が長い影《かげ》を落とす時分になると、アウレリアは帰りたくなくなってきた。

ユリウスはいつものように、暗いすみにすわっている。この状況《じょうきょう》では危険などありようはずもなく、ふだんのようには気を張っていなかった。気がつくとアウレリアを凝視《ぎょうし》している自分に気づいて、ユリウスは目をつぶった。そのうちにうとうとしてきて、アウレリアを思って、たわいない夢を見ることを自分に許してしまう。とにかく、うだるように暑い日だったのだ。

そんなユリウスにマルクスはずっとちらちら目をむけていた。べつにいたずらを企《くわだ》てようとしていたわけではなく、束の間でも見張りの目がないだけで、うれしかった。しかし奴隷《どれい》が勤務中に、いねむりしてしまうというのは許せない気もする。

それにマルクスもやはり、午後の楽しいひとときをこれで終わりにしたくなかったのだ。

それで、アウレリアがしぶしぶ立ち上がって、そろそろ家に帰らなくちゃ、と言ったときに、マルクスはふいに声を低くして、ある作戦を持ちかけた。

「まだ帰らないで。ユリウスにちょっとしたいたずらをしてやろう！」マルクスはユリウスを指さして、いねむりの真似をして見せる。

「そんなの、いけないわ――」

「シーッ！　大丈夫《だいじょうぶ》だって！　ちょっとふざけるだけだよ。きみを守らなきゃいけないときに、居眠《いねむ》りをしちゃいけないって、それを教えてやろう」

「でも、どうやって？」

「ブーツの面倒《めんどう》を見るのが、彼《かれ》の仕事だろ？　だったらブーツが逃《に》げてしまったって思わせるんだ！」

考えるより先に、マルクスの口から言葉が出ていた。

アウレリアは納得できないままに、ユリウスに目をむけて考える。なるほど、ほんとうにそうだ。居眠《いねむ》りなんかしていちゃいけない。まだ日の差しているテラスから通じているアーチ道に目をやると、そこにブーツの檻《おり》があって、それに背中をもたせかけて、四人の奴隷《どれい》が居眠《いねむ》りをしていた。その怠惰《たいだ》なようすに、アウレリアの胸に怒《いか》りがちらちら燃える。いくらなんでも、これはひどいわ！　ふりかえると、マルクスがやる気満々の顔をしていた。アウレリアもマルクスと同じように、にこっと笑い、興奮に目を輝《かがや》かせてうなずいた――やりましょう！

ふたりはだまって立ちあがった。ブーツはテーブルのかげに寝《ね》そべって、しっぽをぴくぴくと動かしている――ハエがとまったほおひげも、同じようにぴくぴくさせている。アウレリアはかがんでブーツの顔をなでた。ブーツはけだるげに金色の眼をひらいた。アウレリアが小さく指を鳴らすと、ブーツがごろんと転がって立ちあがった。ぴんと立った耳に、そっとささやく。「行くわよ、ブーツ。いい子ね！」そうして首輪に手を置いた。

マルクスは素早く思案をめぐらせている。よし、いいぞ！　こんな楽しい、おふざけはない。だけど、どうすればいいだろう？　ブーツを隠《かく》しておける場所がどこかにないか。数分、いや三十分は必要だろう。それぐらいの時間、姿をくらまして、ユリウスがパニックになったところで、消えたトラを自分たちが見事に見つけてもどってくる。と、マルクスの頭に、ある場所が浮《う》かんだ。まるでずっと前から計画していたかのように、おあつらえむきの隠《かく》し場所があった。

先頭に立って忍《しの》び足でかけだしたマルクスは首をねじって、肩越《かたご》しにアウレリアに笑みをむけ、手招きをする。アウレリアはブーツを脇《わき》に、マルクスのあとについていく。ともに底の柔《やわ》らかな靴《くつ》をはいているので、わずかな音も立たない。ふたりはつきあたりのアーチ道を抜《ぬ》けて、屋根のついた通路へ入っていった。その先は屋敷裏《やしきうら》の使用人居住区に通じている。軽食を出したあとは、身をひそめているようにと、マルクスはあらかじめ使用人に命令を出してあった。あたりに人影《ひとかげ》はなく……これから起きることをとめる者もなかった。

薄闇《うすやみ》が下りてきたのを感じたのか、ブーツが一度足をとめて、眠《ねむ》っているユリウスをふりかえった。しかしアウレリアの手に首輪をつかまれていたから、ひっぱられるままにおとなしく、知らない場所へ入っていった。

9 惨事《さんじ》

アウレリアの住まいは市の中心に立つ壮麗《そうれい》な宮殿《きゅうでん》だ。マルクスの住む邸宅《ていたく》はもちろん、それとは比べ物にならないほど質素であるものの、それでも広々とした贅沢《ぜいたく》なものだった。郊外《こうがい》の一角に建てられてから、まだ時はさほど経過していない。一面は、端《はし》から端《はし》までテラスがついていて、丘《おか》の上に広がる、ローマの白い町が一望できる。わずかに右に寄ったところにコロセウムが見え、さらにアッピア街道や、巨大《きょだい》な歴史的建造物で二輪戦車の競争が行われるキルクス・マクシムスの大競技場、それにプトレマイオスがインドで成功を収めて帰国した数世紀前に建てられた勝利のアーチも見える。マルクスの父親が晩《ばん》餐《さん》のあとに、偉大《いだい》なるローマ建築の上に沈《しず》む夕陽を見に客を連れだすのがこのテラスだった。どの建物も勇壮《ゆうそう》なる英雄《えいゆう》たちが活躍《かつやく》した過去と、世界でもまれなほどの、めざましい発展を遂《と》げたローマの現在を物語っている。

しかし、一歩邸宅《ていたく》の裏にまわると、そこには低木におおわれた岩だらけの荒々《あらあら》しい自然が広がっていた。こちら側にはテラスはまったくない——ローマ市民にとって、自然は観賞するものではなかった。丘《おか》は急角度でそそり立っており、邸宅《ていたく》の裏から見ると、斜面《しゃめん》にしがみついているオリーブの木立が遠方にわずかに見えるだけで、高々とそびえる崖《がけ》が、あたり一帯に朝から影《かげ》を落としていた。

マルクスはアウレリアとブーツを、屋敷《やしき》の、使用人が暮らしている裏手へ連れていった。そこには洞窟《どうくつ》のような貯蔵室が数多くあって、ワイン、オリーブオイル、燻製肉《くんせいにく》といったものが貯蔵されていた。そのひとつに、最高級のワインを底のとがった陶製《とうせい》のつぼアンフォラに入れ、金属のスタンドに載《の》せてしまってある貯蔵庫があった。ブーツを隠《かく》す場所をそこにしたのは、一番大きく、なかがからっぽに近いからで、おとなしいトラがひんやりした煉瓦《れんが》の床《ゆか》で、ゆったりくつろぐのに十分なスペースがあった。

アウレリアも見てみたが、すぐには安心できなかった。

薄暗《うすぐら》い貯蔵庫内を見まわしてみると、光は天井《てんじょう》近くのすきまから、わずかに差しこんでくるだけだった。貯蔵庫はできるだけ低温のほうが好ましく、すべて洞窟の中につくられていた。

「ここで本当に大丈夫《だいじょうぶ》かしら？」アウレリアが心配そうに言う。「どのぐらい、ここに置いておくの？」

「ぜったい大丈夫《だいじょうぶ》！　ここで横になって、眠《ねむ》っていればいいだけなんだから。すぐにぼくらが連れもどしにくるんだし」

「そう……でも、ユリウスが面倒《めんどう》なことに巻きこまれないかしら」

「大丈夫《だいじょうぶ》だって！　ブーツが逃《に》げたってことはユリウスにしか言わないんだから」

「いま、やるの？」アウレリアはいたずらをするのになれておらず、だんだんに不安になってきた。

「ああ、いまやる。ユリウスがどんな顔をするか、早く見たくてたまらないよ！」

ふたりはブーツをワイン貯蔵庫に入れてドアを閉めた。それから邸宅《ていたく》のマルクスの部屋へ歩いて戻《もど》っていった。

ひとり残されたブーツは、なじみのない新しい場所を検分し始めた。温度の低い部屋のなかを歩いてあちこち嗅《か》ぎまわり、妙《みょう》なにおいがすると思いながら、ここはいったいどこなのか考えている。寒くて暗い場所にはなれていなかった。頭上から何やら面白いものがぶらさがっている。後ろ足で立ちあがり、それにむかって前足を伸《の》ばしてみる。本来なら簡単に引きずり下ろすことができるのだが、鉤爪《かぎづめ》を革袋《かわぶくろ》でくるまれていては、そうはいかなかった。しまいには飛び上がって、片方の前足をそのてっぺんにひっかけ、そのまま下に体重をかけて、天井《てんじょう》からそれをつるしている紐《ひも》を引きちぎった。落ちてきたのは燻製《くんせい》にした、ヤギの大きな尻肉《しりにく》で、ブーツはすでにウズラ肉で満腹になってはいたものの、すぐにぐちゃぐちゃとかみ始めた。数口食べただけで、あとは残し、また探検を続ける。

今度は喉《のど》がかわいてきた。何やらすっぱい水のようなにおいがする。つぼのひとつに鼻を近づけてみる。そのまま軽く押《お》してみた――わずかにかたむいたつぼのなかで、何かちゃぽちゃぽ音がする。ブーツはつぼの下に頭を入れ、それをぐいと押《お》しあげた。つぼがスタンドから床《ゆか》に落ちて、大きな音がひびいた。

陶器《とうき》のつぼが割れた破片のなかに、貴重なワインが黒っぽい水たまりのように広がった。ブーッはびっくりして飛びのき、割れた音の衝撃《しょうげき》に耳をぴくぴくさせている。

しかし何も起きないので、液体の正体をたしかめに、おずおずと近づいていった。ちょっとなめてみる。おいしいとは思わなかったが、喉《のど》のかわきが収まるようなので、さらに飲んでいく。しだいに妙《みょう》な気分になってくる。頭を振《ふ》って、それからまた、ぴちゃぴちゃやりだした。

だんだん味になれてきたころに、新たな事態が起きた。入り口から人間が数人入ってきたのだ。

ブーッが顔を上げた。二本足たちが洞窟《どうくつ》の入り口で凍《こお》りついている。しんと静まった一瞬《いっしゅん》。新鮮《しんせん》な空気が、何か興味をひかれるにおいとともに、二本足の脇《わき》をすりぬけてブーッの鼻をくすぐった。よし、このにおいを追跡《ついせき》しようとブーッは思い、酸《す》っぱい水たまりをはなれて、入り口へむかって歩きだした。

まるで最初からそこに立ってなどいなかったように、けたたましい足音だけを残して二本足たちは大急ぎで逃《に》げていった。ブーッが入り口前にたどりついたときには、跡形《あとかた》もなかった。

心ひかれるにおいは人間の肉のにおいではなかった。人食いトラではないブーツは、そういうものにまったく興味をひかれなかった。それは、邸宅《ていたく》の外に広がる、自然の強烈《きょうれつ》なにおいで、思わず引きこまれてしまった。非常になじみのあるもので、女主人の宮殿《きゅうでん》へ通う行き帰りに、しょっちゅう嗅《か》いだにおいだった。しかし、これほど強烈《きょうれつ》なのは初めてで、そのにおいに導かれてどこかへ連れていかれるような気がした。

入り口に目をむけると、その奥《おく》にまたべつの入り口があって、その先に丘《おか》の斜面《しゃめん》が見え、まもなく夜になるのか、少し暗くなっている。植物が夕方になって一斉《いっせい》に放つにおいと生き物のにおいが、広がった鼻孔《びこう》を強く刺激《しげき》して、ヤギやワインのにおい以上に強力にブーツを誘う。

そういえば、いまは自分ひとりだ。柵《さく》のようなものはなく、自分をいつも押《お》しとどめる二本足もいない。じゃまがまったくない。ここを出て、心ひかれるにおいのあふれる世界へ飛びだしていける。

自然のにおい。自由のにおい。

もはやブーツはためらわなかった。入り口のほうをむいて、前方にかけだすと、ひとっ飛びで階段をあがった。外の門の前に出ると、はずむ足取りでそれをくぐっていった。

いっぽうアウレリアとマルクスはのんきにも、いま何が起きているのかまったく知らないままに急いでアトリウムにもどっていった。そこではさっきまで寝《ね》ていた飼育係が目を大きく見ひらいており、冷静にはとても見えなかった。

アトリウムのまんなかに立っているユリウスの顔からはすっかり血の気が引いていて、身体の前に両うでを伸《の》ばす、おかしな姿勢をとっている。まるでブーツを抱《だ》きかかえたまま眠《ねむ》ってしまったところ、目が覚めたら、うでのなかがからっぽなのに気づいたような感じだ。

「どこだ?」ユリウスが大声で叫《さけ》ぶ。「どこへ行った?」

「それが――ぼくらふたりとも、暑いなかでうとうとして眠《ねむ》っちゃったんだ。で、起きてみたら、いなくなってて。それでさがしに行ったんだよ」それからあわててつけたす。「それでここをはなれたんだ。屋敷《やしき》の隅々《すみずみ》までさがしたけど見つからなかった。残念だけど――出ていったんだと思う」

「出ていった?」ユリウスは息を呑《の》んだ。「つまり、どこか外へ――勝手に?」

マルクスは恥《はじ》をしのぶように首をうなだれ、小さくうなずいた。

次の瞬間《しゅんかん》、だれも予想しなかったことが起きて、アウレリアは強い衝撃《しょうげき》を受けた。ユリウスがこらえきれなくなって床《ゆか》にひざをつき、泣き崩《くず》れたのだ。

「ぼくの人生は終わった」うめくように言った。「ああ、母さん！　ぼくを許して！」

マルクスは軽蔑《けいべつ》のまなざしをユリウスにむけた。いい大人が、赤《あか》ん坊《ぼう》のように泣くなんて！　少なくとも自分は、人前でこんなふうに泣くことはぜったいにない！　アウレリアも賛同してくれると思って、そちらにちらっと目をやる。しかしアウレリアはマルクスを見てはいなかった。前に飛びだしていって、ユリウスのうでをしっかりつかんでいる。

「やめて、ユリウス。お願いだから、立ち上がって！　本当はいなくなってなんかいないの！　単なる冗談《じょうだん》！　悪ふざけにすぎないのよ！」

自分で自分の頭をなぐり、あまりのつらさに首を左右にねじってもだえていたユリウスが、ぴたりと動きをとめた。一瞬《いっしゅん》ののち、涙《なみだ》にぬれた顔をあげて、アウレリアの目をまじまじと覗《のぞ》きこむ。

「いま、おっしゃったことは、どういう意味でしょう？」かすれ声で言った。

「ごめんなさい、ユリウス！　わたしたち、とてもいけないことをしたの。軽いいたずらのつもりだったの――居眠《いねむ》りしているあなたをこらしめようと思って。それでブーツを……」アウレリアは首をねじって、肩越《かたご》しにマルクスを見る。彼《かれ》の顔を指さして、「ぜんぶマルクスが考えたのよ！」と、そう言いたくてたまらなかったが、やはり良心がそれを許さなかった。そんなことをしたらどうなるか、あとのことをいっさい考えずに残酷《ざんこく》な遊びに参加した。一番悪いのはこの自分だとわかっていた。

「べつのところへ連れていったの。貯蔵庫のひとつに閉じこめたの。いますぐ行って、連れて帰ることもできるわ！　そうよ、ユリウス！　きっと大丈夫《だいじょうぶ》！　お願いだから立ち上がって、できるものなら、わたしを許してちょうだい！」

ユリウスは立ち上がり、涙《なみだ》をふいた。依然《いぜん》として顔色は真っ青で、ぼうぜんとしている――一気に安心して、頭から血の気が引いてしまったのだ。まだアウレリアが彼《かれ》のうでをつかんでいた。ユリウスはさっと身を引いた。

「案内してください」からからの喉《のど》でユリウスが言った。

マルクスはくるっと背をむけて、長いすのひとつに腰《こし》を下ろしてうで組をした。口もとが小刻《こきざ》みにふるえている。自分の考えだしたいたずらが失敗し、アウレリアが〝敵〟に寝《ね》返《がえ》った。つかのまだがマルクスは、甘《あま》やかされた子どもじみた自分にもどっていた。助けてなんかやるもんか。案内なら、アウレリアがひとりですればいい。それと同時に、恐《おそ》ろしい考えも頭に浮《う》かんでいた。もしこのことを母親に知られたらどうなるだろう？　それを思うと、マルクス自身、わっと泣きだしてしまいそうになる。

アウレリアはマルクスを見てはいなかった。ユリウスの手を取ってアーチ道を進み、迷路のように入り組んだ小道を下りていく。道は覚えていた。アウレリアもまたユリウスとおなじぐらいほっとしていて、うれしいような気持ちにさえなっていた。もう自分は終わりだと思っていた破滅《はめつ》的《てき》な惨事《さんじ》から、彼《かれ》を救いだすことができた。もうユリウスは恐《おそ》れなくていい、だれにも責められることはない！　彼《かれ》の人生は〝終わって〟はいない！

最後の通路のなかばまで来たところで、アウレリアの足がとまった。同時に心臓もとまったような気がしたが、そうではなかった。ぞっとする殺戮《さつりく》の場面が繰《く》り広げられているのを人々に知らせるコロセウムの太鼓《たいこ》のように、恐《おそ》ろしい状況《じょうきょう》に気づいた直後、アウレリアの心臓は胸のなかで激しく鼓動《こどう》しだした。貯蔵庫のドアがあいている。その奥《おく》にあるもうひとつのドアもあいていて、邸宅《ていたく》の裏に広がる自然を見せていた。悪ふざけの嘘《うそ》が、悪夢のような真実に変わってしまった。ブーツは本当に逃《に》げてしまった。いなくなってしまったのだ。

その場に立ち尽《つ》くし、呼吸もままならずに吐《は》き気《け》を催《もよお》しながら、アウレリアは必死に自分に言いきかせる。きっと道を間違《まちが》えて、別の貯蔵庫に来てしまったのだ。しかしそうではないことはわかっていて、まもなくそれを裏付ける恐《おそ》ろしい瞬間《しゅんかん》がやってきた。背後の通路から、元老院議員の使用人ふたりがかけてきた。荒《あら》い息をつきながら、真っ青な顔で、自分たちの見た恐《おそ》ろしい光景を無我夢中で語りだす。

「皇帝《こうてい》のお嬢《じょう》さま！　わたしら、この目で見たんです。酔《よ》っ払《ぱら》ってなんかいません。ほんとうなんです！　トラが、ばかでかい体をした生きたトラが、ワインの貯蔵庫にいて――こっちに襲《おそ》いかかってこようとした――わたしらに何ができましょう。逃《に》げるしかありません。じっとしていたら食われてしまう……」

アウレリアは口が利けないまま立ち尽《つ》くしている。代わりにユリウスが声も荒《あ》らげず、冷静な口調で応じる。「そうか、きみたちは危ないところを助かった。しかしなんだって、ワイン貯蔵庫に入ったんだ?」

アウレリアはユリウスのほうをむいてまじまじと彼《かれ》の顔を見ている。衝撃《しょうげき》の事実を知ったばかりだというのに、この人はすぐ自分でこの場を仕切っている。

使用人の片方が言う。「何かが割れるような音がして。それで何が起きたのか様子を見ようとドアをあけたら——」

「ご主人さまの極上のワインを入れたつぼが粉々に砕《くだ》けていて——」

「わたしらのせいじゃない——」

「じゃあ、なぜ裏口があいているんだ?」わずかにふるえる指で、ユリウスはあいているドアを指さした。「いつから、あいていた?」

使用人ふたりが凍《こお》りついた。互《たが》いに顔を見あわせている。それから片方が哀《あわ》れっぽい声を出し、ユリウスのうでをなでまわしながら懇願《こんがん》する。

「新鮮《しんせん》な空気を吸いに、ちょっと外に出ただけで——たのむ、同じ仲間だろう。密告しないでくれ。オレたちの命だって同じぐらい——」

ユリウスはその男の手を払《はら》いのけて裏口へ走った。アウレリアが息を詰《つ》めてそれを見守っている。ユリウスはドア枠《わく》を両手で押《お》さえて左右に目を走らせている。それからドアの外へ飛びだしていって、丘《おか》をかけあがり始めた。トゥニカの下で裸足《はだし》の足を激しく上下させ、必死になって走っている。すぐに姿が見えなくなった。

使用人ふたりはこそこそと帰っていった。元老院議員に事の次第が伝わったとき、彼《かれ》らがどんなおとがめを受けるのか、アウレリアは考えるのも恐《おそ》ろしかった。というより、考える暇《ひま》もなかった。いまはブーツのことと、ユリウスがどうなるか、それしか考えられない。すべては自分たちの責任だった。

悪いのはマルクスと自分。しかし自分たちは罰《ばっ》せられない。ああ、なんてことだろう。身分の高い富裕《ふゆう》な家に生まれた者は、特別に大事にされる。ローマに暮らす有力者の子弟は、自分がしでかした間違《まちが》いや愚行《ぐこう》に対して、責任を取る必要がなかった。何をしでかそうと、つらい目に遭《あ》わなくていい。万が一ブーツが見つからず、暴れて人を殺したとしても、ふたりにおとがめはない。あれだけ希少価値のあるブーツに何かしら危害が及《およ》んでも、ふたりが責められることはないのだ。

今日まで生きてきて、これほど重い罪悪感を覚えたのは初めてだった。その重みに押《お》しつぶされて、ユリウスと同じようにひざを屈《くっ》しそうだった。いまアウレリアはユリウスと同じことを感じていた——一瞬《いっしゅん》の不注意がもたらす惨事《さんじ》の恐《おそ》ろしさ。よく考えもせず、軽はずみなことをしたせいで、多大な犠牲《ぎせい》が払《はら》われる。ユリウスの苦悩《くのう》の叫《さけ》びがアウレリアの頭によみがえる。「ぼくの人生は終わった！」そうして彼《かれ》は、子どものように母親に許しを求めたのだった。ユリウスの母親。そうだ、間違《まちが》いなく彼女《かのじょ》にも被害《ひがい》が及《およ》ぶ。自分のひとり息子が、唯一頼《ゆいいつたよ》りにしていた肉親が、鎖《くさり》につながれて引きずられていくのだから。

マルクスは暗くなっていくアトリウムにひとりすわっているのに飽《あ》きてきた。ふたりがいつまでももどってこないので、不安にもなってきた。それでとうとう自分も貯蔵庫へむかったところ、通路の冷たい石の床にアウレリアが横になって、慰《なぐさ》めようのないほど激しく泣きじゃくっていた。

マルクスはその隣《となり》に立って、からっぽの貯蔵庫のなかを見まわし、こぼれたワインのにおいと、裏口の先に見える丘《おか》の斜面《しゃめん》から吹《ふ》きこんでくる夕方のひんやりした風を身に受けている。やがてマルクスは腰《こし》をかがめて、アウレリアのうでをつかんでひっぱりあげた。「起きるんだ、アウレリア」かすれた声で言う。「ほら、立って。もうきみは家に帰らなくちゃいけない」マルクスは身分の差など忘れていた。いまふたりは、ともに脅《おび》える子どもに過ぎなかった。じれったくなってマルクスがアウレリアを揺《ゆ》さぶる。「泣いてたって仕方ない。起きちゃったことなんだから。ぼくらは責められないから大丈夫《だいじょうぶ》。ユリウスに言ったとおりのことを話せばいい。居眠《いねむ》りしているあいだにブーツがどこかへ行っちゃったって」

アウレリアはマルクスにうでをつかまれながら、まだ地面にぐったりして、すすり泣いている。しまいにマルクスは遠慮《えんりょ》なくアウレリアの両脇《りょうわき》に手を入れて立ち上がらせた。「いいかい！　これはぼくらのせいじゃないんだ。悪いのはユリウスや、ほかの奴隷《どれい》たちなんだ。ちゃんと見張っていなきゃいけないのに、なまけてたんだから。責められるのはやつらであって、ぼくたちじゃない！」

アウレリアはしゃべることができず、喉《のど》を詰《つ》まらせながら泣いている。「もちろん、悪いのはわたしたちよ……。もしブーツを連れ去ったりしなければ、ずっとわたしからはなれずにいて、何も問題は起きなかった。わたしたち、どうして考えなかったのかしら？　まずいことになるかもしれないって。マルクス、これはわたしたちの責任よ！　あたりまえじゃないの！」

「トラを逃《に》がしてしまうやつがいるなんて、いったいどこのだれが考えると思う？　ドアがふたつもあけられるなんて、だれが予想する？　たとえすべてが明らかになって、ぼくらが悪ふざけをしたと認めなきゃいけなくなっても、ブーツは安全に閉じこめたと、自信を持って言える。これはまったくの事故だよ。うっかりした使用人のせいでブーツは外に出たんだ。だからアウレリア、もうばかみたいに泣かないで。だれかに聞かれるよ」そう言って、マルクスは肩越《かたご》しに不安な目を走らせる。「何も大変ことにはなってないって、そういうふうにふるまわないと。ほら！」

マルクスはアウレリアの手をつかんで、黄昏《たそがれ》のなかをずんずん歩いてアトリウムにもどると、彼女《かのじょ》を長いすの上にすわらせ、涙《なみだ》をふくように言った。アウレリアが言われたとおりにすると、マルクスは両手を打ち合わせて使用人を呼ぶ。ふだんより反応が遅《おそ》かったが、ようやく下男が松明《たいまつ》を持って入ってきて、暗くなってきたアトリウムに火灯りがちらちら揺《ゆ》れた。アウレリアがぞっとして両手に顔をうずめると、しっかりしろというように、マルクスに思いっきり強くうでをつねられた。

「アウレリア姫《ひめ》が帰られるぞ」マルクスがぶっきらぼうに言う。「馬車を呼んでくれ」

マルクスの母親が一時間前に息子のもとにもどってこなかったのは、まったくの偶然《ぐうぜん》だった。本来なら、皇帝《こうてい》の娘《むすめ》に正式に別れを告げて、無事家に帰れるよう見届けなければならなかった。ところが、その日は思いがけず気の張る客がやってきて、邸宅《ていたく》の端《はし》の奥《おく》まった部屋でもてなさねばならなくなったのだ。客がようやく帰ると、母親は大急ぎでアトリウムにむかった。どうか間に合いますようにと祈《いの》ったものの、部屋のなかはからっぽだった。

「マルクス！」大声で呼ぶ。

答えはない。母親は息子の寝室《しんしつ》に行ってみる。そこにもいない。長いすのひとつに腰《こし》をおろし、息子がもどってくるのを待つことにした。

マルクスはアウレリアを馬車に乗せると、ぜったい余計なことを言うんじゃないぞと、耳もとできっぱり言いきかせてから送りだした。そのあとも屋外の暗がりにしばらく居のこっていた。ひとりになって家のなかにもどり、現実とむき合うのが恐《おそ》ろしかったのだ。馬の引く二輪戦車が何台か脇《わき》を通って行き、玉砂利《たまじゃり》敷《じ》きの道に車輪の音がひびいた。眼下の町では、各家にぽつぽつと灯りがともりだしている。見るともなしに、その光景に目をやりながら、アウレリアが言ったことの正しさが身にしみてくる。そんなことはないと、いくら自分の心に言いきかせてもだめだった。

罪悪感と孤独《こどく》に打ちのめされるような気分になって、とうとうマルクスは家のなかに入っていった。

自分の部屋に入ろうとしたところ、なかから母親が出てきた。いまではランプに火が灯っていて、大きな石づくりの続き部屋には、いつものように、色鮮《あざ》やかな壁画《へきが》や動物の皮の敷物《しきもの》、刺繍《ししゅう》を施《ほどこ》した壁掛《かべか》けや、金箔《きんぱく》を貼《は》った快適な家具が並んでいる。まるで状況《じょうきょう》は何も変わらないと教えているかのようで、それがマルクスにはそらぞらしく感じられる。

「よかったわ、マルクス！　ずっとさがしていたのよ。どうだった、アウレリア姫《ひめ》の訪問は？　詳《くわ》しく教えてちょうだい」

母親は何も知らないのが明らかだった。使用人にはほぼ全員伝わっているだろうに、女主人の耳に入れるのは恐《おそ》ろしくてだれもできなかったのだろう。それでもしばらくすると、必ず知ることになる。それならば、自分の口から、自分の都合のいいように母に話しておいたほうがいいだろう。

「ママ、ちょっと事件があって。それもかなり……深刻な」

なんと、わが家で事件が！　母親は驚《おどろ》いて、手で心臓を押《お》さえる真似をする。「なんなの？　いったい何が起きたっていうの？　アウレリアと関係があることなの？」

「ちがう。問題はトラ――ブーツのほうなんだ。彼《かれ》が――逃《に》げだしちゃって」

母親はまだ話が飲みこめずにいる。「トラが逃《に》げた？　どうしてそんなことが起きるの。あなた、いったい何が言いたいの？」

マルクスは必死に頭を働かせる。ユリウスひとりに罪をなすりつけることもできたが、あとできっと自分にはねかえってくるような気がする。それなら最初から、少しぐらい自分も責めを負ったほうがいい。

「それがさ、アウレリアとぼくとで、いろいろ話をして、食べたり飲んだりもして……そのうちちょっと眠《ねむ》くなっちゃってさ……たぶんブーツも眠《ねむ》ったと思うんだよね。それで……」母親は息子の顔をにらみつけている。だめだ。これはうまくいかないと、マルクスは思う。まだ小さいときから、マルクスは一度だって昼日中に居眠《いねむ》りをしたことがなかった。たとえ、しんとした静まった午後を家で過ごしていたところで……信じないだろう。アウレリアをもてなしている最中に居眠《いねむ》りなどするわけがない。それもふたりそろって眠《ねむ》ってしまうなんて！　マルクスは声がふるえないよう、一度深く息を吸った。

「ママ、本当のことを言うよ」といっても、まったくの真実ではなく、ぎりぎりのところで本当のことはだまっているつもりだった。母親が待ち構える顔になった。心配な表情を浮《う》かべ、手はまだ心臓を押《お》さえている。

「本当は、ぼくらが――といっても、責任のほとんどはぼくにあるようなものだけど――ちょっとブーツを連れて、使用人の居住区を散歩しようと考えたんだ」

母親はまだ食い入るような目で息子の顔を見ている。何もかも見透《みす》かしているような目。マルクスは目を伏《ふ》せたくてたまらなかったが、なんとかまっすぐ母を見返しながら、必死に頭を働かせる。すると母親が口をひらいた。「つまり、あなたは使用人を驚《おどろ》かせたかったってことかしら？」

そんなことは考えもしなかった。しかし、それは名案だった。おそらくそうしておくのが一番いいようにマルクスには思えた。それで母親から目をそらして、恥《は》じ入るようにうなずいた。

「それで、若い飼育係はどうしていたの？　あなたたちがまったくばかげた、情けないことをしでかそうとしているときに？」

やはり、そこに来た。さてユリウスを窮地《きゅうち》に追いこんでしまうか、それとも救ってやるか？　すぐに結論を出さねばならなかった。じつはユリウスのことも、ユリウスの身にふりかかったことも、マルクスはまったく気になどしていなかった。気にかかっているのは、赤《あか》ん坊《ぼう》のように泣いていたユリウスのみじめな姿ではなく、そのときにアウレリアが取った反応だった。もしユリウスを裏切ったら、アウレリアは二度と自分を許してくれないだろう。それだけはどうしても避《さ》けたかった。

「それがさ、ちょっと用を足しに外へ出ていたんだ」

「じゃあ、檻《おり》を運ぶ奴隷《どれい》たちは？」

彼《かれ》らがどうなろうと、マルクスはまったく知ったことではなかった。「ああ、みんなぐっすり眠《ねむ》ってた」

母親の顔が曇《くも》った。「そうなの？　で、それから？」

「ぼくらふたりでブーツをひっぱって使用人の居住区にむかって……そこにだれかいないかと……」

「びっくりさせてやる相手をさがしていたわけね」

「そう。だけど、だれもいなくて、そしたら突然《とつぜん》ブーツが貯蔵庫のひとつで何か嗅《か》ぎ当てたみたいで。ドアがあいてたんだ。ブーツはなかに入っていって、ワインのつぼをひとつ倒《たお》して割っちゃったんだ。それでぼくらびっくりして。なんとか外へひっぱりだそうとしたんだけど、ブーツのやつ、ぼくらを追い越《こ》してどんどん先へ行っちゃって。裏のドアもあいていたから、こっちがつかまえるより先に、そこから出ていっちゃったんだ」

長い沈黙《ちんもく》が広がった。マルクスの母親は長いすのひとつにどっかりと腰《こし》を下ろす。それから息子を手招きして呼び、自分の手の届くところに来たとたん、両肩《りょうかた》をつかんで、自分と正面からむきあう形で無理やりすわらせた。顔が真っ青になっている。

「それで全部ね、マルクス？　お父さまにそのまま伝えていいのね？　わかっていると思うけど、これは大惨事《だいさんじ》なの。獣《けもの》が逃《に》げて、どこで何をしているか、だれにもまったくわからない。このことを皇帝《こうてい》が知ったらどんなことになるか、恐《おそ》ろしくて考えることもできないわ。それにアウレリア！　きっと、つらい目に遭《あ》うにちがいないわ。なんてかわいそうな子かしら！　あんなに自分のトラを愛していたのに。だからあなたは、本当のことを洗いざらい話したほうがいいわよ。これからうんざりするほど、何度も何度も同じ話を繰《く》りかえすことになるんですからね。もしそこにわずかでも嘘《うそ》が混じっていたら、遅《おそ》かれ早かれ明るみに出るのは間違《まちが》いないんだから」

マルクスの胸がふいに恐怖《きょうふ》で波立った。きっと嘘《うそ》を見やぶられる。しかし、いまさらあとにはひけない。

「本当だよ、ママ！　ユピテル（天界を支配するローマの主神）に誓《ちか》うよ！」

母親は息子の顔をいましばらく正面からじっと見た。それから言葉もなく立ち上がると、大急ぎで部屋から出ていった。

10 自由

野生の動物は、幽閉《ゆうへい》場所から解放されたり、逃《に》げたりした場合、できるだけ速く走って、できるだけ遠くへ逃《に》げるのが普通《ふつう》だった。またつかまって、同じ生活に逆もどりするのはいやだからだ。しかしブーツはもはや野生の動物ではなかった。子どものときから、彼《かれ》に自由はなかった。いまでは人間にすっかり飼いならされ、荒々《あらあら》しい性質も失ってしまった。そして何よりも情けなく、救いようがないのは、つねに人間といっしょに暮らして、生活の面倒《めんどう》をすべて見てもらっていた動物が、気がつくと自然のなかに放りだされていて、どこへ行けばいいのか、どうやって自分の面倒《めんどう》を見ればいいのか、さっぱりわからないという状況《じょうきょう》だった。

元老院議員の邸宅《ていたく》を出たときには、うれしくて足取りも弾《はず》んでいた。三十分ほどのあいだ、低木の茂《しげ》みのなかを散歩したり、転げ回ったり、心引かれる食べ物や自由のにおいを嗅《か》ぎまわっていた。しかし、あたりがとっぷり暮れてくるころには、もうどうしたらいいのかわからなくなって、お腹もすいて、すっかり途方《とほう》に暮れてしまった。
目の前に出くわした小さな生き物を遊び半分に追いかけてみるものの、みなさっと逃《に》げられてしまう。しばらくすると、それにも飽《あ》きてきた。張りだした岩の下に身を守れそうな場所を見つけて、そこにうずくまって眠《ねむ》ろうとする。すると長い年月を飛び超《こ》えて、懐《なつ》かしい感覚がぼんやりと蘇《よみがえ》ってきた。隣《となり》にいるはずのものがいない。ブーツは闇《やみ》のなかで、重たい頭を振《ふ》ってみる。以前にはたしかにいたはずだ。それがいまはどこにもいない。まったくのひとりぼっちだった。

もしユリウスがこれほどまでに打ちひしがれていなかったら、地面に残っている足跡《あしあと》に気づき、それをたどってブーツをさがし当てて、もっと早くに苦境から抜《ぬ》けだせたはずだった。ところがやみくもに丘《おか》をかけ上がり、起伏《きふく》のある風景のなかに無我夢中で目を走らせ、やはりここにはいないと早計《そうけい》に判断して、間違《まちが》った方向にまた走っていってしまった。これではまずいと気づいたときにはあたりは完全に闇《やみ》に包まれて、もはやまともな追《つい》跡《せき》は不可能になっていた。

これからどうしたらいいのか？　ブーツを連れずに、動物園に戻《もど》ることを考えたらぞっとした。自宅に帰って母親と対面するのも恐《おそ》ろしい。きっと自分の身に人生をがらりと変える惨事《さんじ》が起こったことを見抜《みぬ》かれるだろう。それで一本のオリーブの木を見つけ、雨風を避《さ》けることもできない木の根方に腰《こし》を下ろした。

自分の人生はもう終わったも同然だとユリウスは思いこんでいた。絶望のあまり、自分に残された最善の道は、大きな岩ふたつのあいだに剣《けん》を柄《え》から打ちこみ、そこに体当たりすることだなどと考えている。そうやって命を絶ってしまわなければ、それよりももっと恐《おそ》ろしい運命が待っているはずだった。それでもユリウスの信じる神々は人間に自殺を許していなかった。神々の与《あた》えた命を敬い、寿命《じゅみょう》の尽《つ》きるまで生き抜《ぬ》くことを人間に求めていた。しかし彼《かれ》がベルトの剣《けん》を抜《ぬ》かなかったのは、母親が悲しむからでも、神々に禁じられているからでもない。それから永遠に続くと思えた迷いの時間をふっきって、悲壮《ひそう》な決意を胸に立ちあがったのは、ひとえにアウレリアのことを思ったからだった。死ねばアウレリアにもう二度と会えなくなる。さらにがまんならないのは、自分が臆病者《おくびょうもの》として彼女《かのじょ》の記憶《きおく》に残ることだった。

それで自分の勇気を証明するために、一番難しい道を選ぶことにした。まず動物園にかけつけて、トラを逃《に》がしてしまったと報告することもできた。しかしそれはせずに、ユリウスは岩だらけの暗い道で足をもつれさせながら、カエサルの宮殿《きゅうでん》へむかった。

偉大《いだい》なる皇帝《こうてい》を前に、いかにして自分の職務怠慢《たいまん》を告白すればいいのか、想像もつかなかった。彼《かれ》にわかっているのは、とにかくそれを成し遂《と》げなければいけないという、それだけだった。


しかしすでにカエサルは知っていた。

まったく尋常《じんじょう》ではない状態で家に帰ってきた娘《むすめ》を、マルクスの母親同様、アウレリアの母親も待ち構えており、何があったのか、訪問先で起きたことを娘《むすめ》からすべて聞きだしたのだった。アウレリアの名誉《めいよ》のために言っておくなら、彼女《かのじょ》は彼女《かのじょ》なりに努力はした。馬車で家に帰る途上《とじょう》では、できるかぎり気持ちをしっかり持っていた。家に帰っても何も言うまい、事実は隠《かく》し通そうと、かたく心に決めていた。ところが母親の顔を見たとたん、アウレリアの心のなかで変化が起きた。

「アウレリア！　どうしたの？　顔がまっさおじゃないの！　マルクスとケンカでもしたの？」

それまでの決意が、ここでいっぺんに崩《くず》れ、泣きながら母親の胸に飛びこんでいった。

「ブーツを失ったの！　逃《に》げちゃったの！　どこかへ行ってしまって、そのためにユリウスが罰《ばつ》を受けることになる！　ああ、ママ！　どうかユリウスの身に何も起こらないようにしてちょうだい！」

そのあと、事態は急展開した。必要なことを二、三、話したあと、アウレリアは東の間母親になぐさめられ、それからすぐ、安穏《あんのん》な隠退《いんたい》生活を送っていた乳母《うば》が呼ばれて、アウレリアは乳母《うば》に引き渡《わた》された。皇后は急いで外へ飛びだしていった。アウレリアは絶望の淵《ふち》に沈《しず》んでいる。しかし少なくとも、ユリウスが居眠《いねむ》りをしていたことは言わなかった。アウレリアもまた、ユリウスが持ち場をはなれたのは、小用を足すためだと嘘《うそ》をついていた。

「そんなに気をもむのはおやめなさい！　それほど大変なことではありません！」乳母《うば》はずっと言い続けている。「たかが奴隷《どれい》の若者を、なぜにそんなに心配するのです？　本当なら、彼《かれ》があなたの面倒《めんどう》を見ていなくちゃいけなかった。恩知らずの獣《けもの》が逃《に》げだしたところで、あなたにはどうすることもできなかったんですから！」

乳母《うば》は何もわかっていなかった。まったく何も。どんなに優しい言葉も、まったく見当ちがいで、かえってアウレリアにはわずらわしかった。しかし、もはや泣く段階ではなくなり、ベッドに入って横になったアウレリアは、すっかり麻痺《まひ》して涙《なみだ》もこぼれず、一晩中眠《ねむ》らずにユリウスのことだけを考えていた。一度か二度、ブーツのことにも考えが及《およ》んだときには、むしろ心がほっとした。この夜のなか、ブーツはどこかにいる。少なくともこれで自由になった。自由？　ちがう、ブーツは自由になっても、くつろぐことはできない。きっとひとりぼっちでどうしていいかわからず、途方《とほう》に暮れているとわかっていた。それでも少なくとも危険な目には遭《あ》っていないはず。それだけは安心していいだろう。きっとブーツはつかまる。もし見つかれば、ユリウスも許されて、すべて丸く収まるにちがいない……。

ユリウスが宮殿《きゅうでん》にやってきたのをアウレリアは知らなかった。ユリウスは使用人のつかう裏口から入っていって、皇帝《こうてい》に謁見《えっけん》を願いでたからだ。

巨大《きょだい》な謁見室《えっけんしつ》に導かれたときユリウスは、恐怖《きょうふ》のあまりほとんど麻痺《まひ》しているような状態だった。王者がすわるのにふさわしい、金箔《きんぱく》で飾《かざ》った椅子《いす》にカエサルは堂々と腰《こし》かけている。世界で最も影響力《えいきょうりょく》がある男で、世界一残酷《ざんこく》で気が短いといううわさもあった。自分の役に立つ人間には寛大《かんだい》だが、期待を裏切った者や、反抗《はんこう》する者には血も涙《なみだ》も無い扱《あつか》いをすると言われていた。ユリウスはその皇帝《こうてい》から信任を受けて大事な娘《むすめ》を預かりながら、その信頼《しんらい》にそむいてしまった。莫大《ばくだい》な費用と手間を費やして手に入れた貴重な動物が失われた。そこでユリウスは愚《おろ》かなことに、首輪のことを思いだす。あれにちりばめられていた宝石……しかし、本当に貴重なのはアウレリアであって、彼女《かのじょ》こそいくら金を積んでも手に入らない宝石だった。それをユリウスは一瞬《いっしゅん》の気の緩《ゆる》みで危険にさらしたのだ。

「つまり、おまえがトラを失ったと」カエサルが鉄のようにかたい声で言う。

ユリウスはその場にひれ伏《ふ》した。

「おまえの処遇《しょぐう》をどうするか話すまえに、ひとつ聞きたいことがある。立ちなさい」ユリウスが立ち上がろうとするより先に、ふたりの奴隷《どれい》が両側からうでをひっぱって乱暴に立たせた。「おまえは動物のことがよくわかっている。トラはこれから何をすると思う?」

最初ユリウスはしゃべることができなかった。しかし質問について考えているうちに、しゃがれ声がふるえながら口をついて出た。「おそらくあのトラは、ペットのネコと同じ事をすると思います。家に帰る道を見つけようとするでしょう」

「家? それは動物園ということか?」

ユリウスはあまりの恐怖《きょうふ》に、頭のなかに純毛を詰《つ》めこまれたようになって、すっきりと物が考えられない。「あるいは……ここにもどってこようとするかもしれません」

「この宮殿《きゅうでん》へ歩いてもどってくると言うのか? 街の通りを抜《ぬ》けて?」

「それはないでしょう。街中には、動物の嗅覚《きゅうかく》を混乱させるさまざまなにおいがあふれていますし、人に見つかれば追いかけられもするでしょう」

「もし追いかけられたら、相手に襲《おそ》いかかる?」

「それはおそらく、追いつめられたときだけ。生まれながらに備わった獰猛《どうもう》さはすでに失っています。鉤爪《かぎづめ》もくるまれてつかえない。もし、わたしが彼《かれ》を見つけたら、おとなしく近づいてくると思います」

「自由を謳歌《おうか》しようとは思わないのか？」

「いまごろはもう、腹をすかせているでしょう。狩《か》りを学んだことがないのです。足をくるまれていては、狩《か》りのしようがありません。おそらく、野生の本能はすでにない。たぶん……」

「たぶん？　はっきり言いなさい！」

「わたしにならよろこんでつかまると思います」

それまでずっと声を抑《おさ》えていた皇帝《こうてい》が、ここに来て突然《とつぜん》大声を出して怒《いか》りを爆発《ばくはつ》させた。「それはおまえの処罰《しょばつ》を先延ばしにする作戦か？」

ユリウスはわずかも動かずにじっと立っていたものの、ひざが溶《と》けていくような気分を味わっていた。

「答えよ！　おまえはもう何をどうしようと、自分の罪から逃《のが》れることはできないんだ！」

「陛下、わたしは慈悲《じひ》を乞《こ》うことはいたしません。どんな罰《ばつ》を与《あた》えられようと、当然のこととして、おとなしく受ける覚悟《かくご》でおります。ただわたしは、自分のしでかした間違《まちが》いを正すために、自分のできることをしたいだけなんです。トラをつかまえて、お嬢《じょう》さまのもとにもどすチャンスが欲しいのです。お嬢《じょう》さまはトラをとても大事に思っていらっしゃいます」

皇帝《こうてい》の顔が嵐雲《あらしぐも》のように暗くなり、ユリウスは頭上の空からいまにも雷《かみなり》が落ちてくる心地がした。

「おまえは、こんなことがあったあとで、やつを娘《むすめ》と遊ばせるとでも思っているのか？　よろしい、見つけられるものなら見つけてくるがよい。おまえに捜索《そうさく》を許そう。そのために、おまえの命はまだ取っておく。しかしおまえが見つけてきたところで、もうやつを信用することはできない。おまえと同じようにな」そのあとに、もっと恐《おそ》ろしい言葉が続くと思ったが、そうではなく、皇帝《こうてい》はその先の言葉を飲みこみ、ユリウスをここに導いてきた奴隷《どれい》ふたりに合図をする。

「こやつを連れて行って身柄《みがら》を拘束《こうそく》せよ。明日の夜明けとともに、捜索《そうさく》を開始する」

カエサルは胸の内にしまった言葉を妻にだけ話した。

「当然ながら、この問題の行き着く先はひとつしかない。両者ともに死ぬ。おそらくトラは捜索《そうさく》の過程で殺されるだろう。もしあの奴隷《どれい》がトラを生け捕《ど》りにしたなら、闘技場《とうぎじょう》に出して、人々の娯楽《ごらく》のために死なせる。奴隷《どれい》のほうも当然」そこであとから思いついたというように、カエサルは言葉を添《そ》える。「人目につかない形で殺す。役目が終わったとたんにな」

アウレリアの母親は恐怖《きょうふ》に顔をひきつらせた。

「あなた、どうしてそんなことができるのです！　それがアウレリアにとって、どんな意味を持つか、おわかりにならないのですか？」

カエサルがいぶかしげな目で妻を見る。「どんな意味だと？　アウレリアはペットのトラを失う。ただそれだけの話だ。あの子は皇帝《こうてい》の娘《むすめ》だ。これぐらいのことでへこたれてどうする」

妻は言葉もなく、夫の顔をまじまじと見た。その瞬間《しゅんかん》、これまで考えもしなかったことが、一瞬《いっしゅん》カエサルの頭をよぎった。

「アウレリアが失って悲しがるのは、トラだけだと思ったが？」

皇后が突然《とつぜん》われに帰って、とりつくろいにかかる。「もちろんです！　もちろんです！」同じ言葉をくりかえしながら、心の乱れが声に出ないよう必死にこらえる。「わたしはただ、あの子をつらい目に遭《あ》わせたくないだけです。アウレリアは大好きでしたから――ブーツのことが」

「アウレリアには新しいペットを買ってやる」皇帝《こうてい》が言う。「次はこういった問題が起きにくい動物にしよう」それだけ言うと、かかとに体重をかけてくるりと回り、歩み去ってしまった。ひとり残された皇后は目をかたくつぶって、胸の内にわいた恐怖《きょうふ》におののいている。

11 鎖《くさり》につながれたユリウス

まったく思いがけないことが起こった。もしブーツが人間で、神々を信仰《しんこう》していたら、きっとこれは神の力だと思ったことだろう。その奇跡《きせき》が起きたのは、東の空から最初の朝日がゆるゆると差してきて、眠《ねむ》っている町と、その周囲を取り巻く森がほんのり明るくなってきたときだった。

ルーファスという名前の羊飼いが、もうその時間から羊を連れだし、まだ露《つゆ》が下りているうちに、まばらに生えた草を羊に食べさせていた。そうしながら、ふと目をやった岩の下から妙《みょう》に鮮《あざ》やかなしましま模様《もよう》のものが顔を出しているのに気づいた。あれはヘビにちがいないと思い、そうっと近づいていって、羊を追うための竿《さお》を振《ふ》りあげて、ブーツのしっぽに力いっぱいたたきつけた。

トラは悲鳴をあげて跳《と》びあがり、その拍子《ひょうし》に、頭上に張りだしていた岩に頭をぶつけた。二重につらい目に遭《あ》ったトラはかんかんに怒《おこ》って岩の下から姿をあらわし、いったいだれがこんなひどいことをしたのかと、あたりにきょろきょろ目を走らせる。自分がうっかり目覚めさせてしまった巨大《きょだい》な生き物を目の当たりにして、ルーファスは命からがら一目散に逃《に》げだすかと思いきや、そうではなかった。口をあんぐりあけて、その場にじっと突《つ》っ立っている。

なぜそんな行動を取ったかと言えば、ルーファスには、生まれたときから少々おつむが足りないという事情があったからだ。おそらくそれだから、口の利けない動物に不思議な親近感を覚えたのかもしれない。そもそも〝ヘビ〟に竿《さお》をたたきつけたのは、ヤギを殺されたくないという、ただそれだけの理由であり、ルーファス自身は、ヘビを怖《こわ》いものとは思っていなかった。

ずいぶん長いこと、人間と動物はおたがいをじっと見ていた。ブーツはずきずき痛むしっぽを小刻《こきざ》みに動かしているが、羊飼いに襲《おそ》いかかろうとはしない。どうしてそんなことをする必要があるだろう？　痛みの原因がこの羊飼いにあることをブーツは知らない。そもそも彼《かれ》は、これまで二本足に本気で襲《おそ》いかかったことは一度もなく、いま目の前にいるそれは、自分に危害を及《およ》ぼそうとはしていない。むしろいっしょにいるとほっとする。いま自分に一番必要なのは、安心することだとわかっていたから、ブーツはそろそろとルーファスに近づいていった。すぐそばまで来ると、一瞬《いっしゅん》相手の顔を見あげて、それから大きな頭と長くふっくらした脇腹《わき》をルーファスの腿《もも》にこすりつけた。

ルーファスは腿《もも》にずしりとした重みを感じながら、手をひらいて、ふさふさの毛に覆《おお》われたトラの背が、手のひらをこすりながら通過するのを感じている。そのうち手の下にしっぽがくると、それをそっと手で包んだ。たたかれてこぶになった部分が指にあたると、なぐさめるような声を出しながら、痛む部分をさすってやる。ブーツは石だらけの地面にごろんと仰《あお》むけになり、喉《のど》をゴロゴロ鳴らした。もう不安も孤独《こどく》も消えてなくなった。自分のそばには二本足がいて、これからはなんでも面倒《めんどう》を見てもらえる。安全で快適な生活が保証され、まもなくえさだってもらえるだろうと、そう思っている。

ルーファスがトラの脇《わき》にしゃがんだ。足をくるんでいる革のカバーをじっと見ている。それから彼《かれ》の目は、ふさふさの毛並みに半ばうもれている首輪に吸い寄せられた。やわらかな朝日を反射して、ちりばめられた金や宝石がきらきら光っている。

「うわあ」思わず声をもらした。「きれいだなあ。ルーファスが見つけたものは、ルーファスがとっとく」それからすっとんきょうに笑いだしたかと思うと、トラの身につけている、五つの革製品、首輪と四つの足カバーをはずしにかかった。ルーファスは頭こそ少々弱いものの、手先は器用だった。彼《かれ》が立ち上がってヤギとともに出発するころには、ブーツの身から自由を奪《うば》うものはすべて取り去られていた――生まれ育ったジャングルで兄と遊んでいたころと同じ、自由なトラになっていた。

銀白色の町を取り巻く、銀緑色の丘《おか》の空に太陽がのぼるころ、ユリウスは腕《うで》のいいハンターの一団と、彼《かれ》の逃亡《とうぼう》を阻止《そし》するための衛兵ふたりに伴《ともな》われて、トラの捜索《そうさく》を始めていた。元老院議員の邸宅裏《ていたくうら》に生える灌木《かんぼく》の茂《しげ》みを隅々《すみずみ》まで捜《さが》している。

ユリウスは地面に意識を集中していたから、背後の窓からマルクスがじっとその様子を見ているのに気づいていない。

昨晩マルクスはつかれきって早くに眠《ねむ》ったが、得体の知れない痛みを感じて夜明けと同時に目を覚ましていた。いったいこの痛みはどこから来るのか？　深く息を吸ってみても少しも痛みは収まらなかったが、その痛みが罪悪感であると気づくまでに、さほど時間はかからなかった。

朝食が終わると——結局ほとんど喉《のど》を通らなかった——父親のもとに行って、たっぷり三十分、厳しい尋問《じんもん》を受けた。マルクスの証言は早くも穴だらけになっていた。おまえは貯蔵庫でずっとトラから目を離《はな》さなかったのか？　はい……と言ったものの、床《ゆか》に落ちているのが見つかった、燻製《くんせい》にしたヤギの尻肉《しりにく》については何も答えられなかった。肉には大きな噛《か》み跡《あと》がついていたと言う。どうしておまえは、トラがそれを引きずり落としたのを見なかったのか？　マルクスは言い訳できなかった。

ワインの入った壺《つぼ》が床《ゆか》に落ちて割れたが、実際トラはどうやってそれを落としたのか？　前足で……と、マルクスはあてずっぽうで答えた。しかしそれなら、鉄のスタンドもいっしょに倒《たお》れているのではないか？　それなのにどうしてまっすぐ立っていたんだ？

問い詰《つ》められたものの、マルクスは困った顔で肩《かた》をすくめるしかできなかった。

「おまえは本当に、最初から最後まで見ていたのか？　だったら、わたしの貴重なワインにトラが近づいていけば、間違《まちが》いなく目をみはったはずだ。そうして、どうやって落として割れたか、ちゃんと覚えているはずだ」マルクスは真っ青な顔に汗《あせ》をにじませながら、首を横に振《ふ》った。

父親から突《つ》き刺《さ》すような視線でじっと見つめられて、しまいにマルクスは目を伏《ふ》せた。

「ひとまず下がってよろしい。だが、またあとで話を聞くからな」

ドア口でマルクスは足をとめた。「パパ、ブーツは見つかったの？」せっぱつまった声で聞いた。

「見つかったら、おまえに教える」と父親。

マルクスにはほかにも聞きたいことがあったが、それを口にする勇気はなかった。父親の物腰《ものごし》に、何か異常なものを感じ取っていて、あからさまな怒《いか》りより、そちらのほうがずっと恐《おそ》ろしかった。それは胸の内に押《お》しとどめた緊張《きんちょう》のようなもので、事態の深刻さを言葉以上に雄弁《ゆうべん》に語っていた。

いまマルクスは窓辺に立って、ユリウスとほかの男たちをじっと見下ろしている。ユリウスが先頭に立って、干からびた草や茂《しげ》みのとぎれた部分を、腰《こし》を低くかがめてゆっくりと進んでいて、そこにはただならぬ緊張《きんちょう》が漂《ただよ》っていた。鈍《にぶ》い色の石や灌木《かんぼく》の茂《しげ》みのなかに、ふいにきらりと光るものがあるのにマルクスは気づいた。驚《おどろ》いたことに、それはユリウスの逃亡《とうぼう》を防ぐ足枷《あしかせ》だった。そこから伸《の》びる鎖《くさり》がユリウスのすぐ後ろに立つ男の手に握《にぎ》られている。ユリウスは囚人《しゅうじん》にされた。

——マルクス、これはわたしたちの責任よ！　あたりまえじゃないの！

マルクスのもとに家庭教師がやってきた。

とてもではないが、今日は新しいことを学ぶ気分ではなかった。とりわけ授業を受けるなどもってのほか。マルクスが知りたいのは逃《に》げたトラのことだった。いまではカエサルや元老院議員の家に出入りする者で知らない者はひとりもおらず、みな口々にうわさをしていたから、もっと詳《くわ》しく知りたいと思うマルクスの希望は簡単にかなった。

「皇帝《こうてい》が恐《おそ》ろしいほどに、お腹立ちだということです」若い教師が言う。じつは自分の知っている情報を披露《ひろう》したくて、うずうずしていたのだった。「トラはつかまったら、闘《とう》技場《ぎじょう》に送られるそうですよ」

「でも、あのトラは戦わないよ！　人間に飼いならされているんだから」

「ならば、剣闘士《けんとうし》に殺されるまでのこと。それにトラが逃《に》げる原因をつくった人間も、ひとり残らず処罰《しょばつ》されるそうです」

「へえ、どうやって?」マルクスはさりげない風を装って聞く。たったそれだけの言葉を口にするだけで、胸が苦しくて声がふるえそうになった。

教師はそこで声をぐっと落とす。「檻《おり》のそばで眠《ねむ》りこけていた四人の奴隷《どれい》にはすでに刑《けい》が宣告されています。来週の闘技《とうぎ》で、野生の獣《けもの》に食わせるそうです。飼育係については、カエサルのほうで、とっておきの罰《ばつ》を考えてあるそうですよ。ただしそれが実施《じっし》されるのは、トラをつかまえてからです」

マルクスは驚《おどろ》いて立ちあがり、それからすわり、また立ち上がった。まるで全力疾走《しっそう》したあとのように、はあはあと荒《あら》い息をついている。

「今日はもう勉強はできない」突然《とつぜん》言いだした。「もう帰っていいよ」

「しかしマルクスさま——」

「言われたとおりにしろ」

若い教師はめんくらって立ち上がり、お辞儀《じぎ》をして部屋を出ていった。マルクスはうなだれて立ち尽《つ》くし、顔からしたたる汗《あせ》がモザイクの床《ゆか》に落ちた。そこではっと息を呑《の》む。

自分の汗《あせ》が落ちた先にあるものに気づいて、恐怖《きょうふ》に胸を鷲《わし》づかみにされた。細かい色石を組み合わせてつくられたミネルバ神（ローマ神話の知恵《ちえ》と工芸の女神）が涙《なみだ》を流して泣いているように見える。

これは恐《おそ》ろしい予兆《よちょう》にちがいない！　女神が、ぼくのために泣いている！　マルクスは自分の寝室《しんしつ》に飛びこんでいって、ベッドにうつぶせに倒《たお》れこんだ。

マルクスが恐怖《きょうふ》と罪悪感にふるえながらベッドに横たわり、鎖《くさり》につながれたユリウスがブーツをさがして暑く乾燥《かんそう》した奥地《おくち》にふみこんでいたとき、アウレリアは母親の部屋にいた。恐《おそ》ろしい報《しら》せが、宮殿《きゅうでん》のうわさ話として耳に入るよりも、自分の口からきちんと伝えたほうがいいと考えて、母は娘《むすめ》を私室に呼んでいた。

「わたしの愛《いと》しい娘《むすめ》、アウレリア」娘《むすめ》をそばに引き寄せて、優しく切りだした。「これから恐《おそ》ろしいことを話すけれど、どうか心を強く持って聞いてちょうだい。神々はこの世に悲しみと喪失《そうしつ》をもたらし、人間はそれから逃《に》げることはできません。問題は、いかにわたしたちがそれに立ちむかうか」

アウレリアは身を引いて、恐怖《きょうふ》にふくれあがった目で母親の顔をまじまじと見つめる。

「まさかママ、彼《かれ》は死んだの？」アウレリアは息を呑《の》んだ。

母親はすばやく娘《むすめ》を引き寄せ、その口を胸でふさいだ。

「おだまりなさい、アウレリア！」あわてふためいて言う。それというのも、アウレリアが言った「彼《かれ》」がトラではないことを、母親の本能で察知したからだった。

アウレリアは乱暴に母の胸から逃《のが》れた。「死んだの？　イエスか、ノーか、はっきり答えて！」

母親は首を横に振《ふ》った。アウレリアは安心のあまり気を失いそうになり、母親に両腕《りょううで》をつかまれた。「よく聞いて、受け入れてちょうだい。彼《かれ》は生きています。当座のところは。あなたのお父さまが、彼《かれ》の犯罪をどのようにして罰《ばっ》するのかわたしにはわかりません」

「犯罪《はんざい》？　なんの犯罪《はんざい》？」

「ローマの法律では、義務を怠《おこた》ったり、反抗《はんこう》したりすることは犯罪とみなされるのです。ユリウスは義務を怠《おこた》ったので、その罰《ばつ》を受けなければなりません。まあアウレリア、そんな顔をするものではありません。お父さまに彼《かれ》の命乞《いのちご》いをしようなどと考えてはなりませんよ。同情からとは言え、たとえ一瞬《いっしゅん》でも、彼《かれ》が単なる奴隷《どれい》であることをあなたが忘れたことをお父さまが知ったら、事態はもっと恐《おそ》ろしいことになるのですよ。人間の死に方には様々な形があります。こういう不運が起きるまで、彼《かれ》はまじめに仕事をしてきました」アウレリアの切羽詰《せっぱつ》まった顔から目をそらして、母親は続ける。「もし彼《かれ》が無事ブーツをつかまえることができたら、あなたのお父さまは命だけは助けてくれるかもしれません。かといって期待しすぎてはいけません。いいですか、どんなことがあっても、お父さまには、ぜったい気づかれてはなりませんよ。あなたが――」そこで言葉を切った。

「彼《かれ》を愛していることを」アウレリアがふいにきっぱりと言った。

母親は悲鳴を上げそうになるのをなんとかこらえた。アウレリアに背をむけて、あわててラリウム（暖炉《だんろ》を守る神々の彫像《ちょうぞう》を木製の棚《たな》にまつった家庭用の寝殿《しんでん》）とむきあった。

母親はアウレリアを床《ゆか》にひきずって、ひれ伏《ふ》すかっこうを取らせ、母、娘《むすめ》、それぞれの心の内で神に祈《いの》りを捧《ささ》げる。もし神々がそれに耳をかたむけていたら、まるで正反対に思える両者の願い事に混乱したことだろう。

「ああ、偉大《いだい》なる神々よ！」母は心の内で必死に祈《いの》る。「どうか娘《むすめ》の恥知《はじ》らずな言葉を聞かなかったことにしてください。本気の言葉ではございません。まだほんの子どもなのです！　簡単な言葉を理解できるようになったときから、わたしは娘《むすめ》にずっと教えてまいりました。わたしたちは自分の意志で自由に人を愛することはできないのだと！」

手の下でアウレリアの身体がふるえているのを感じて、母は顔をのけぞらせて祈《いの》りの言葉を口にする。「ああ、神々よ、わたしをお許しください！　この責めは母が負うべきもの。あの若者をひと目見た瞬間《しゅんかん》から、娘《むすめ》には危険だとわかっていたのです。どうかアウレリアに、自分の地位と運命について、正しい分別をお与《あた》えください。そうでなければ、わたしたちはどうやって生きていけましょう？」

「ああ、ご先祖様の魂《たましい》よ」娘《むすめ》も負けずに熱心に祈《いの》りを捧《ささ》げている。「彼《かれ》は奴隷《どれい》に過ぎないかもしれません。でもひとりの人間であり、気高い心を持った立派な男性なのです。どうかお父さまに彼《かれ》を殺させないでください！　もしそんなことになったら、わたしは耐《た》えられないでしょう！」

しかし、アウレリアは信心深い娘《むすめ》ではあるものの、家庭を守る神々にこういうことを祈《いの》っても、聞き遂《と》げられず、あの偉大《いだい》なユピテルにさえ、この願いは叶《かな》えられないという気がした。やはり何かしら自分で手を打たねばならないだろう。

12 アウレリアのひみつ

羊飼いとの出会いが、自由というものに対するブーツの見方をがらりと変えていた。

子どものとき以来のうれしさで、ブーツはいま、地面にじかに足を着けて探検し、木で爪《つめ》を研ぎ、土や石を引きよせて糞《ふん》にかぶせもする。地球の表面がネコ科の動物に与《あた》えるわくわくするメッセージをすべて受けとめていた。それにともなって、ほかの感覚もいっせいに研ぎすまされていくようだった。四本の足で大地をしっかりふみしめると、においもよく嗅《か》げて、眠《ねむ》っていた本能や反射神経も目を覚ますのだった。

なにか、おいしそうなにおいのするものが、思いがけなく目の前を通る。するとブーツはわれ知らずそれに飛びかかっていて、気がつくとそれを仕留めている。獲物《えもの》を前足のあいだに置いて、しばらく遊んでから食べる。鉤爪《かぎづめ》は気持ちいいように肉に引っかかる。ブーツはうれしくて、何度も何度も爪《つめ》を出したりひっこめたりをくりかえし、爪《つめ》を上手につかって獲物《えもの》の毛をひきはがす。死んだ生き物の肉とは比べ物にならないほど、生きた獲《え》物《もの》は美味だった。牙《きば》があろうとなかろうと、ブーツはそれをぐちゃぐちゃと噛《か》んで、最後の一切れもむだにせず腹に収める。それからその場に寝《ね》そべって、肉球と爪《つめ》のあいだをきれいになめる。これほど気持ちのいいことはなかった。長いことそうしていると、やがて足がふたたび自分の身体の一部になった気がしてくる。

食べるだけ食べると、今度は喉《のど》がかわいてくる。ブーツは遠くに水のにおいを嗅《か》ぎつけた。丘《おか》をひとつ下っていくと、水がある場所の手前が塀《へい》でふさがれていた。新たに自分の身体の一部になった爪《つめ》がうまいぐあいに役だって、ブーツは楽々と塀《へい》を乗り越《こ》えて、ある邸宅《ていたく》の庭に降り立った。庭のまんなかに池があって、それについている噴水《ふんすい》で好きなだけ水を飲んでから、敷石《しきいし》の上に身を横たえて眠《ねむ》った。当然ながら、二本足のにおいがそこらじゅうでしていたが、ブーツはまったく恐《おそ》れなかった。

悲鳴があがり、ブーツが目をさまして頭を持ち上げた。メスの二本足がそう遠くないアーチ道の下に立ちながら、口をあんぐりとあけて、クジャクの出すような甲高《かんだか》い声をあげている。ブーツは立ちあがって、黄と黒の閃光《せんこう》さながらに、ひらりと塀《へい》を飛びこえた。

このメスの二本足の姿は、ブーツに、自分の世話をしてくれていた、またべつのメスのことを思いださせた。いまではそれが自分の生活の一部になっていて、なくてはならないものだった。その特別なにおいをさがそうと、ブーツはあちこちをめぐり歩いた。逃《に》げたトラを目撃《もくげき》した者は、噴水《ふんすい》のある邸宅《ていたく》の女性だけではなかった。トラを見たという報告が、皇帝《こうてい》の使者につぎつぎと届く。カエサルは町の津々浦々《つつうらうら》に使者を配置しており、トラをつかまえたか、もしくは捕獲《ほかく》につながる情報を提供した者には褒美《ほうび》を出すようにしていた。しかしブーツは意外にも抜《ぬ》け目なく、身をひそめる場所をいくつか確保してあり、日中はそこで寝《ね》ていて、狩《か》りや探検に出るのも、風に乗って運ばれてくるアウレリアのにおいをさがすのも、夜だけにかぎっていた。

一週間後、捜索《そうさく》は打ち切られた。トラを目撃《もくげき》したという情報がとだえて、すでに三日が経過しており、おそらくこの近辺を離《はな》れて、南方の未開の地へ逃《に》げたのだろうと思われた。カエサルは激怒《げきど》していた。巨額《きょがく》の費用を狩《か》りに費やしてやっと手に入れた貴重な動物を失ってしまった。しかもカエサルは裏をかかれるという経験になれていなかった。ブーツがハンターたちをばかにしているような期間が長く続けば続くほど、カエサルの怒《いか》りは深くなり、それをぶつける相手は、ユリウスしかいなかった。檻《おり》の前で居眠《いねむ》りをした四人の奴隷《どれい》は手っ取り早く処分したが、ユリウスだけは、それにふさわしい処遇《しょぐう》を思いつくまでは生かしておかねばならなかった。それで当座のところは、判決が下るまでコロセウムに隣接《りんせつ》する牢獄《ろうごく》にユリウスを投げこんでおくことで満足することにした。

アウレリアは不安に脅《おび》えながらも、自分がなすべきことをした。母親があれほど懇願《こんがん》し、警告したにもかかわらず、父親に会いに行ったのだ。

「お父さま、お話があります。とても大事なことです」

「なんだ？　いま非常に忙《いそが》しいのだ」

「トラのことです」

カエサルは仕事をしていたテーブルから顔を上げた。新たにしわが増えている。ひたいにも、みけんにも、深い傷のようなしわが刻まれていた。

「それがどうした？」

「トラが逃《に》げたのは――奴隷《どれい》のユリウスのせいではありません。わたしが悪いんです」

「ほほう。またどうして？」

「つまり――わたしが、ブーツを連れ去って隠《かく》したんです。ユリウスをからかうつもりで」

「その〝ユリウス〟は、おまえがそうしているあいだ、何をしていたんだ?」

「ちょっと外に出ていて」

「小用を足していたというのか?」

「はい、お父さま」

「おまえをひとり残して、しかも檻《おり》を守っていた四人の奴隷《どれい》が眠《ねむ》りこけているときに」

アウレリアはだまりこんだ。

「で、おまえの従兄弟《いとこ》は、その悪ふざけにどうかかわっているのかね?」

「何も! マルクスも居眠《いねむ》りをしていました。わたしが考えたことなんです」

「よくできた話だな」とカエサル。ふたたびテーブルにかがみこんで仕事にもどり、用はすんだとばかりに、娘《むすめ》を手で払《はら》う。

「でも、お父さま――本当なんです――」

カエサルがふたたび顔を上げ、アウレリアの心臓を凍《こお》らせるような目でにらんできた。

「嘘《うそ》だ。まったくばかげた、子どもじみた、信じがたい嘘《うそ》だ。おまえは従兄弟《いとこ》を守ろうとしている。まったく見上げた精神だが、完全にまとはずれだ。さあ、出て行きなさい。わたしを本気で怒《おこ》らせたくないなら、この件については二度と口にしないことだな」

結局、アウレリアが奮い起こしたありったけの勇気も、無駄《むだ》に費やされてしまった。

ユリウスがどこに幽閉《ゆうへい》されているか、それをつきとめるのは、マルクスが必要な情報を得るのと同じように、アウレリアにとってじつに簡単なことだった。問題は、そこを訪ねているところをだれかに見られて、それが父に伝わることだった。

結局アウレリアは年老いた乳母《うば》を頼《たよ》ることにした。

宮殿《きゅうでん》の裏手にある乳母《うば》の小さな居室を訪れるのは、アウレリアの習慣になっていたから、突然《とつぜん》訪ねていってもいぶかしがられることはなく、ノックをすると「まあまあ、よく来たこと」とむかえてくれた。

アウレリアは砂糖菓子《がし》と、もぎたてのブドウと、小さな水差しに入れたワインをお土産《みやげ》に持っていった。少々飲み過ぎる嫌《きら》いがあるほどに、ワインは乳母《うば》の大好物だった。

「まあ、なんとうれしいお土産《みやげ》を！」乳母《うば》はさっそくゴブレットに並々とワインを注ぐと、一気に飲み干して唇《くちびる》を鳴らした。「それであなたは、もう元気になったのかしら？心配ごとはすべてかたづいて？」

「いいえ。まだつらくてたまらないの」

「あらまあ。あなたがまだよちよち歩きのころは、ちょちょいとさすって、キスでもすれば、つらいことはみんなどこかへ飛んでっちゃったのよ！　さあこっちへ来て、キスをさせてちょうだいな。それから話をぜんぶ聞いてあげますからね」

アウレリアは乳母《うば》をぎゅっと抱《だ》きしめた。それからそばにすわって乳母《うば》の肩《かた》に腕《うで》をまわす。

「聞いてちょうだい。ペットのトラを失ったのは仕方ないと思っているの。だけど、ほら、トラをしょっちゅう連れてきてくれた男の人がいたでしょう？」乳母《うば》はふんと鼻を鳴らし、苦い顔をしながらうなずいた。「お父さまがその人のことをひどく怒《おこ》っていて、鎖《くさり》につないで閉じこめてしまったの。もちろん、お父さまにはそうするだけの理由があるのだし、いつも正しい判断をされるとわかっているわ。でも……たまたま知ったんだけど、その男の人――ユリウスって言うんだけど――彼《かれ》はひとり息子なんですって。たったひとりでお母さまを支えているの。だからきっと、お母さまはたまらなくつらいと思うの。ひとり息子が牢獄《ろうごく》に入れられていると知ったら。それでね、たしかあなたは、牢獄《ろうごく》の看守長と知り合いだったでしょ？」

「ああ、彼《かれ》ね！　よく知っていますよ。わたしのためなら、なんでもしてくれる。ずっと昔、目をつけられていてね。まだわたしが若くてかわいかったころの話よ。彼《かれ》ばかりじゃなく、大勢の男からね。その当時はまだみんな若くてハンサムで。いまじゃすっかり年を食っちゃったけど。あらまあ、笑ったわね！」

「笑ってなんかないわ！　わかるわ、だっていまでもきれいだもの」アウレリアは熱心にほめる。「それで、お願いがあるの。もしできたら彼《かれ》のお母さまを見つけて、牢獄《ろうごく》へ連れていってもらえないかしら？　ほら、なぐさめの言葉を書いた手紙も持ってきたの。いつか……必ず力になりますって書いて」アウレリアは乳母《うば》の手にパピルスの小さな巻物を押《お》しつけた。乳母《うば》が文字を読めないのはわかっていた。おそらくユリウスの母親も読めないだろう。それでも、運良く息子に見せるかもしれない。アウレリアの手紙は、まさにユリウス宛《あ》てだったのだ。ユリウスは少しだけ文字が読めた。夏の長い一日にブーツがぐっすり眠《ねむ》ってしまい、何もすることがないときに、アウレリアが自分の楽しみのために、ユリウスに読み方を教えたのだった。署名はしなかったし、筆跡《ひっせき》もがらりと変えた。「あきらめないで。あなたには友がいる」とあっさりそう書くだけにとどめた。

乳母《うば》はワインをもう一杯《いっぱい》飲んでから、巻物をあらためる。アウレリアがハラハラしながらすわって待つあいだ、裏返しにもして、けっこう念入りに見ていた。それから抜《ぬ》け目なく、こう言った。「それで、このことはだれにも言ってはいけないのね？ それと、見たところあなたが言ったようなことをすべて盛りこんであるようには思えない、このちっぽけな手紙も、まずい人の手に渡《わた》らないようにしないといけないのね？」

アウレリアは一瞬《いっしゅん》ためらったのちに、うなずいた。

「だけど、どうしてひみつにしないといけないのかしら？ カエサルの幼い娘《むすめ》が善意を示そうという、ただそれだけの話でしょ？」

あれこれ質問をされるとはアウレリアも予想していなかった。顔を赤らめ、舌をもつらせながら、なんとか答える。「それは、つまり——ママも——それにパパも——わたしが奴隷《どれい》の……家族に関心をむけるのをよく思わないから」

「彼《かれ》の家族？　それとも彼《かれ》？　どちらなんでしょうね、わたしのかわいい、お嬢《じょう》さま？」

ふいにアウレリアは、乳母《うば》のこちらを見透《みす》かそうとするようなするどいまなざしを受けとめられなくなり、ふっくらとした懐《なつ》かしい胸に飛びこんだ。「ああ、ばあや！　ああ、ばあや！」と、くぐもった声でそれしか言わない。しかし老いた乳母《うば》は、アウレリアのふるえている身体から、泣くのを必死にこらえているのだとわかった。

「よし、よし」優しく言って、背中をさすってやる。「わかってるのよ。人はときに、愛してはいけない人を愛してしまうってね。彼《かれ》はハンサムな若者だもの。それに、彼《かれ》があなたをどんな目で見ているかも、わたしにはわかっていたの」そこで乳母《うば》は大きくため息をついた。「それにしても、ずいぶんと危険な仕事をわたしに言い付けたものね。彼《かれ》のことを忘れることはできないの？　あの人はもう死んだも同然だって、わたしもあなたもわかっているはずでしょ。あらあら、泣かないで。頼《たの》まれたことはちゃんとやってあげますからね。ただし、彼《かれ》の母親はこの計画から省いたほうがいいと思うわ。直接〝彼《かれ》〟に手紙を持っていったほうが、話が早い」乳母《うば》はアウレリアをしゃんとすわらせて、スカーフの隅《すみ》で頬《ほお》の涙《なみだ》をぬぐってやる。それから巻物を取りあげた。「これは彼宛《かれあ》てね？」アウレリアはうなずいた。乳母《うば》はそれをドレスの胸もとに忍《しの》ばせる。「神々は敷物《しきもの》や壁掛《かべか》けにするために野獣《やじゅう》をおつくりになったのであって、ペットにするためじゃない。そう言ったところで、年寄りの言うことには、だれも耳をかたむけやしない」

アウレリアは乳母《うば》の首に両腕《りょううで》をまわして思いっきり強く抱《だ》きしめ、しまいに乳母《うば》がアウレリアを押《お》しのけた。

「命をかけた仕事をするっていうのに、その前に首をしめられちゃ、かなわない」

ある日、町の南部の脇道《わきみち》で、ブーツの姿が目撃《もくげき》された。数時間のうちに、ローマじゅうに動揺《どうよう》が走った。市民は怖《こわ》がって家から離《はな》れず、中庭に出るのも避《さ》けるようになり、どこもかしこも、空気が緊張《きんちょう》でぴりぴりした。人々はブーツをブルートと混同し、闘技場《とうぎじょう》始まって以来の恐《おそ》ろしく凶暴《きょうぼう》な人食いトラが町をうろついていると思ったのだ。

狩《か》りが再開され、様々な罠《わな》が仕掛《しか》けられたが、まったく効果はなかった。日が経つにつれて恐怖《きょうふ》が増幅《ぞうふく》され、ローマの中心地の通りでも、夜になるとめっきり人の姿はなくなった。するとブーツも、日が落ちてから民家に忍《しの》びこんでこっそり噴水《ふんすい》の水を飲むだけでは飽《あ》き足らなくなって、どんどん大胆《だいたん》になっていった。からっぽの通りをどうどうと歩くようになり、家からふらりと出てきた犬や猫《ねこ》のような小さな獲物《えもの》をさがす。体重は減っていたが、依然《いぜん》として甘《あま》やかされた家トラの習性は残っていて、できるだけ少ない労力で食べ物を得るのを好んだ。

当然ながら、人々はペットがいなくなったと騒《さわ》ぎだし、町の中心地にトラが出没《しゅつぼつ》しているといううわさがまたたくまに広がった。なかには、トラのしなやかな体を目撃《もくげき》した者や、ローマの町に特徴的《とくちょうてき》な、薄《うす》い色の石壁《いしかべ》や閉じられたドアにぞっとする影《かげ》が移動するのを見たという者もいた。目撃《もくげき》情報は野火のように広がっていき——複数の場所で同じ時間に目撃《もくげき》したという者も現れて、しまいにこのトラは、魔法《まほう》の力を持つのだといううわさまで広がって、人々の恐怖《きょうふ》は募《つの》るいっぽうだった。

そしてカエサルはますます怒《いか》りを募《つの》らせた。まもなく、宮殿内《きゅうでん》で働く人間がネズミのように走り回って、皇帝《こうてい》を避《さ》けるようになった。アウレリアさえも恐怖《きょうふ》を感じるほどだった。

マルクスがついにアウレリアに会いに来た。罪悪感に苦しんで、ひとりではとても耐《た》えられない気がしてきたのだ。

「ユリウスはどうなるんだろう?」お気に入りの中庭にこそこそと入っていき、ふたりきりになったとたん、マルクスが最初に口にした言葉がこれだった。

「まだ牢獄《ろうごく》に入っているわ。見て」

アウレリアは小さなパピルスの巻物を、こそこそとマルクスに見せた。乳母《うば》がこっそりユリウスの独房《どくぼう》に持っていって、また持ち帰ったものだった。

マルクスはひったくるように手紙を取って読んだ。「どうやってこれを?」息を切らしながら聞く。

アウレリアは事情を話して聞かせた。マルクスはまた手紙に目を落とす。アウレリアの書いた文字の下に、ところどころ綴《つづ》りを間違《まちが》えた、子どものような字がのたくっている
――日取りが決まりました。七月の十五日。どれだけ情け深い真の友であっても、わた

しを助けることはできません。母のことをよろしく頼《たの》みます。「七月十五日！　あと十四日後じゃないか！」マルクスが声を張り上げた。

「シーッ。そうよ。なんとかして彼《かれ》を助ける道をさがすのよ、マルクス」

「それはつまり、ぼくらの罪悪感を消し去るため？」

アウレリアのなかで、何かが壊《こわ》れた。

「そんなこと、どうでもいいわ！　問題は、ユリウスが死んでしまうってことよ。それも恐《おそ》ろしいやり方で！　そんなの耐《た》えられないのよ、マルクス！　わたしは耐《た》えられない！」

マルクスはアウレリアの顔をじっと見ている。やつれ切った顔だった。自分が家で形ばかりの罪悪感に心を痛めているあいだ、アウレリアがどれだけの苦悩《くのう》に陥《おちい》っていたか、この瞬間《しゅんかん》、彼《かれ》にははっきりわかった。

「だけど、ぼくらどうすればいいんだろう」ばつの悪さを覚えながらつぶやいた。「まだほんの子どもだよ。ぼくらの言うことなんか、だれも聞いてくれないよ」

「わたしはもう子どもなんかじゃない」とアウレリア。言われてマルクスがあらためて見てみれば、たしかにそうだった。「マルクス、あなたのお父さまに話してみたらどうかしら。きっとうちのお父さまに何かしら力を及《およ》ぼしてくれる。そのためには、本当のことを打ち明けないと。ふたりの話が一致《いっち》すれば、信じてもらえる」

「気はたしかかい？　うちの父親はぼくも一枚かんでるって、もう疑ってかかってるんだ。もし本当のことがばれたら、きっと大変な罰《ばつ》が下る。ぶたれるに決まってる！」

「ぶたれるのは、ユリウスが死ぬのと同じぐらい、ひどいこと？　ユリウスが助かるなら、わたしはよろこんで、ぶたれるわ！」アウレリアは床《ゆか》をせかせかと歩きまわり、心配に両手をもみしだいている。目に涙《なみだ》がもりあがって、もう少しで落ちてきそうだ。マルクスは自分の汗《あせ》が落ちた女神の顔を思いだした。

「何か、予兆のようなものを見なかったかい？」マルクスはきいた。「だれかに相談を持ちかけたとか？」

アウレリアがせかせか歩きをやめた。しばらくじっと立ち尽《つ》くす。それからマルクスの顔を正面から見た。

「大事なことを話すわ。だれにも言ってはならないこと」

「ひみつは必ず守る」マルクスがまじめくさった顔で言う。

「わたし、キリスト教徒になろうと思うの」

マルクスの口があんぐりとあいた。驚《おどろ》きを飛び越《こ》えて、いきなり恐怖《きょうふ》に襲《おそ》われた。

アウレリアは先を続ける。「キリスト教徒は闘技場《とうぎじょう》の存在を正しいと見なしていない。反対しているわ」

「そりゃそうさ！　やつらはそこで殺されるんだから！」

「そう。恐《おそ》ろしいことよ。ぜったいに助からない。動物が確実に襲《おそ》いかかるように、女も子どもも、血をなすりつけられて闘技場《とうぎじょう》に出される」

「キリスト教徒の男たちは臆病者《おくびょうもの》だ！　武器を与《あた》えられても、戦うことを拒否《きょひ》するんだから」

「殉教《じゅんきょう》よ」

「ジュンキョウ？」

「信仰《しんこう》のために、命を投げだすこと」

マルクスはあぜんとして、アウレリアの顔を見ている。そういう考えは、彼《かれ》の理解を超《こ》えていた。

「どうして、そんなことをするんだい？」

「あなたは、ローマのために命を投げだすようなことはしない？」

「逃《に》げられるんなら、そんなことはしない！」マルクスは迷うことなく言った。

「ところが、キリスト教徒は逃《に》げないの。自分の信仰《しんこう》がどれだけ強いか、それを証明するために死んでみせるの。死んだ後は天国という場所に行くって信じてるわ。神々の住むオリュンポス山とちょっと似ているかもしれない。そこで自分たちの信じる神といっしょに暮らすって、そう思っているのよ」

マルクスは不可解な霧《きり》を頭から追い払《はら》おうとするかのように、首を激しく振《ふ》った。「そんなの嘘《うそ》っぱちに決まってる。だけど、どうしてそんなことを知ってるんだい？」

「家庭教師たちから教わったの。こっちからいろいろ聞いてね。もちろん、先生たちは、そういうことを教えることで、キリスト教徒がどれだけばかげていて、弱くて、間違《まちが》っているか、それと比べてローマがどれだけ強大な力を持っているか、わたしに実感させようっていうわけなんだけど」そこでふいに苦々しい口調になる。「おじいさん先生たちは、そういうことを得意げに話すの。まったくどうしようもない人たちよ。かわいそうな人たちのことを話すのを楽しんでるの。わたしが先生たちの話から、本当は何を学んでいるか、教えてやりたいわ！」

「どういうこと？」マルクスは話を聞きながら、どんどん恐《おそ》ろしくなってくる。

「闘技場《とうぎじょう》の存在に反対できるってことよ。そこで死ぬのが恐《おそ》ろしいからじゃないの。あそこで行われていることは、何から何まで邪悪《じゃあく》で間違《まちが》ったことだからよ」

マルクスはよろけながらアウレリアから離《はな》れる。長いすの置いてあるところまで行って、そこに腰《こし》をかけるのだと、相手にはそう思わせておくが、本当はそうではなかった。アウレリアの正気ではない、汚《けが》れた考えにそまりたくなかったのだ。話を聞けば聞くほど、恐怖《きょうふ》で胸がはちきれそうになる。キリスト教徒は追放者だ――国の敵なのだ。もしアウレリアが本気でこんなことを言ってるのなら、自分はローマ市民として――何をする？　彼女《かのじょ》を密告する？　あり得ない。ああ、どうしてアウレリアはこんな話をぼくにして、恐《おそ》ろしい気持ちにさせるのだろう？

「そんな話、ぼくにするべきじゃなかった」ぼそりと言う。

「だれかに言わずにはいられなかったの。乳母《うば》にも話してみたわ。だけど耳を貸そうとしなかった」

「そりゃそうさ。きみは、ローマの裏切り者になりたいの？　自分の父親を裏切ろうって言うのかい？」

「わたしの父親は、わたしたちがしでかした間違《まちが》いを理由に、ユリウスを死に追いやろうとしているのよ」

「皇帝《こうてい》は、ぼくらがやったなんて知らない」

「いいえ、知ってるわ。わたしはもう告白した」

「そんなばかな！」マルクスは息がとまりそうになった。

「本当よ。だけど心配しないで。皇帝《こうてい》はあなたには関心がないから。何がなんでもユリウスを殺そうと心に決めている」そこでアウレリアは声を小さくする。「闘技場《とうぎじょう》に連れていかれたあの日から、わたしは父親を愛するのをやめたの。あの人は残酷《ざんこく》よ。なにをしても許される立場にあって、間違《まちが》ったことや恐《おそ》ろしいことばかりしている。わたしはもう、あの人を愛せない。たとえ自分の父親であっても」

13 アウレリアの犠牲《ぎせい》

時が刻々《こっこく》と過ぎて七月十五日が近づいてくると、アウレリアの焦《あせ》りはますます募《つの》っていく。

キリスト教徒の神にどうやって祈《いの》りを捧《ささ》げるのか、さっぱりわからないので、結局昔ながらの神々に祈《いの》るしかなかった。物心ついたころから、毎日の決まり仕事のように、ラリウムに食べ物や飲み物を供えることを続けてきた。木製の寝殿《しんでん》であるラリウムには、家庭を守る神々の彫像《ちょうぞう》が並んでいる。もちろん、供え物はずっとそこにあって、最後は使用人が片づけて終わりだ。しかし神々が本物の食べ物を口にする必要があるとは思えず、食べ物に備わっている精気のようなものを吸い取るだけだろうとわかっていた。大事なのはお供えそのものではなく、神々に捧《ささ》げようという、その気持ちなのだ。

しかし、こうも大きな問題となると、ごくあたりまえのお供えでは足りない気がして仕方ない。だいだい食べ物が自分に取ってどれだけの犠牲《ぎせい》になるだろう？　アウレリアのまわりには食べ物はふんだんにあって、どれだけ神に捧《ささ》げたところで、自分は飢《う》えはしない。今回の祈《いの》りには本物の犠牲《ぎせい》が必要だった。

自分の宝石を取りだして、なかでもお気に入りのものを選びだす——母親から数年前にもらったブレスレット。アウレリアが一番大事にしているものだった。精緻《せいち》な金細工が施《ほどこ》された贅沢《ぜいたく》なもので、腕《うで》を動かすたびに心地よい音を立てるベルがいくつもついている。ベルのなかにぶらさがっている舌はどれも小さなルビーでできていた。

ラリウムの前に立ってじっくり考える。もし、そこにブレスレットを置いたら、母親の目に入るか、そうでなくても使用人が気づいて母に報告するだろう。いずれにしろ、ローマの神々が、うちの家族を守る神々が、このような子どもだましの飾《かざ》りを欲しがるだろうか？　生きていない人工物に精気は備わっているのか？

おそらくキリスト教徒の神なら、これに価値を見いだすのではないか？　キリスト教徒にとって神はひとりしかいない。その神こそ万能で、あらゆる劣等《れっとう》な神々を支配下に置くと信じている。神々の王なら、その力を誇示《こじ》する象徴《しょうちょう》を欲しがるのではないか。歴代の支配者らがみなそうだったように。だけど、どうやって供えよう？　名実ともに神に捧《ささ》げて、二度と取り返せないようにするには？

アウレリアは考えを深めていく——祈《いの》りを捧《ささ》げるように真剣《しんけん》に。すると名案が頭に浮《う》かんだ。そうだ、テベレ川に投げ入れればいい。ローマ市民がそこから飲み水を得ている川は、いわば市民の命綱《いのちづな》。当然ながら神聖なものであるはずだった。となれば、完璧《かんぺき》だ。古くからいる神々と、自分が密《ひそ》かに信じるようになった新しい神。その両方に犠牲《ぎせい》を捧《ささ》げることになり、そうすればきっと大きな願いも叶《かな》うはず！　アウレリアはブレスレットを絹の布にくるんで、宮殿《きゅうでん》をこっそり出ていった。

川はそう遠くなかった。家のなかではくサンダルが、舗道《ほどう》の玉石に当たって音を立てる。一度足をすべらせて、貴重な捧《ささ》げ物が手から飛んでいってしまったが、すぐまた拾った。外に出ている市民はいなかったから、だれにも見られる心配はなかった。気がつけば黄昏《たそがれ》どきで、アウレリアがつきそいを伴《ともな》わずに出かけるのは生まれて初めてのことだった。長く伸《の》びていく影《かげ》を見て、自分が軽はずみに家を飛びだしてきたことに気づく。これほど人気《ひとけ》のない通りを見るのは初めてだった。いまはトラが出没《しゅつぼつ》する時間であることをアウレリアは知らない。飼育係のことを心配するあまり、ブーツのことがすっかり頭から抜《ぬ》け落ちていた。

まもなく川にまたがる、巨大《きょだい》な石橋の上に出てきた。眼下に流れる川は奔流《ほんりゅう》だった。北の山々を流れて雪解け水を運んできた支流が、すべてここに合流し、水かさは最高位に達し、激しい流れを見せている。アウレリアは聖なる水の流れをじっと見下ろす。

「ああ、偉大《いだい》なる神々よ、どうか願いを聞き遂《と》げて、お救いください！」声をひそめて言う。「ユリウスを救ってください。彼《かれ》の命を救ってください。それ以上は何も望みません！　どうか、この捧《ささ》げ物をお受け取りください！」絹地の隅《すみ》を持って、中身を放り投げる。大事にしてきたブレスレットが回転しながら落ちていき、泡立《あわだ》つ水のなかに、はねひとつ上げずに飲みこまれていった。

祈《いの》るのは簡単だとアウレリアは思う。自ら行動するほうが、もっと難しい。涙《なみだ》がひとつぶ川に落ちたが、流れにはなんの影響《えいきょう》もない。アウレリアは空を見上げた。

「勇敢《ゆうかん》なるキリスト教徒の神よ」そっとささやく。「これはあなたに捧《ささ》げたのです。ローマの神々を怒《おこ》らせたくはないのですが、これはたしかにあなたに捧《ささ》げたもの。わたしは命を捧《ささ》げることはできません。それに、表だってあなたにおすがりすることもできません。大きななりをしてまったくの臆病者《おくびょうもの》。そんな人間の願いをどうしてあなたが叶《かな》えてくれると思うのか、自分でもよくわかりません」そこで謙虚《けんきょ》に付け足す。「ユリウスはキリスト教徒ではありません。それにあなたは、あなたのために殉教《じゅんきょう》しようという、あわれなキリスト教徒もお救いにはなりません。それでも――」

アウレリアの言葉がふいに途切《とぎ》れた。つきあたりの土手に、何か動くものがある。ほら！　葦《あし》の葉かげのなかだ。ほら――また！　しましまの毛並み――長いしっぽ――大きな頭をかがめて水を飲んでいる。まさか？　こんなに早く願いが聞き遂《と》げられるなんてことがあるだろうか？

「ブーッ！」激流の音に負けないよう、大声で叫《さけ》んだ。「ブーッ！」

アウレリアは前のめりにかけだして橋を下り、水際の石の斜面《しゃめん》を下りていく。そのへりに葦《あし》の原が広がっていて――そこにトラが、ひざまで水につかって立っていた。水をしたたらせながら持ち上がった顔が、アウレリアをまじまじと見ている。

「ブーッ！　わたしよ！　ほら、こっちへいらっしゃい、わたしの恋《こい》しい、大切なペット。さあ」チュッチュッと声を出してトラを呼びながら、片手を前へ差しだした。

一瞬《いっしゅん》、来る様子はないように見えた。しかしそこで、ブーツの鼻が彼女《かのじょ》のにおいをとらえた。ブーツはひとっ飛びでアウレリアの脇《わき》に来て、ぬれた顔を腿《もも》にこすりつけた。耳をくすぐられ、肩《かた》や背中をなでられる懐《なつ》かしい感触《かんしょく》に身を任せる。

「あら、ブーツ、首輪を無くしちゃったのね！　ブーツもはいていない！　まったく悪い子ね、どこへ置いてきたの？」アウレリアはトラの横にひざまずいて、その首に抱《だ》きついた。ざらざらした舌がほおをなめるのがわかる。その気になれば、ひと噛《か》みでその頭をもいでしまうこともできるトラが、アウレリアのあごの下に頭を押《お》しつけて、ゴロゴロ喉《のど》を鳴らし、彼女《かのじょ》をどんと押《お》し倒《たお》した。

アウレリアがよろけながら立ち上がった。いまだ信じられないよろこびで、顔をきらきら輝《かがや》かせている。

「いらっしゃい、ブーツ！　家へ帰るのよ。ユリウスを助けに行くの！」

がらがらの通りを、アウレリアはブーツを連れて歩いていく。長い髪《かみ》を風になびかせ、たっぷりしたスカートのすそを大きくふくらませながら、しましまの毛並みをした、巨大《きょだい》な獣《けもの》の首に片手を載《の》せて、どうどうと進んでいく。その姿を窓から見ている者がいたら、まるで花瓶《かびん》や神聖なモザイクに描《えが》かれた絵を見ている心地がしただろう——女神と、それを信奉《しんぽう》するトラの図像。

アウレリアは宮殿《きゅうでん》の正面玄関《げんかん》から入っていった。両脇《りょうわき》に立つ衛兵が驚《おどろ》き恐《おそ》れるなか、両親の居室へ一目散にむかう。

「お父さま！　ママ！　見てちょうだい！」

母親と父親が部屋から出てきた。ランプの光がぎらつく控《ひか》えの間に、娘《むすめ》とトラがいっしょに立っている光景に、ふたりの足がいきなりとまった。

カエサルが先に我に返った。

「そうか、おまえが見つけたか。神々に感謝を捧《ささ》げるがよい。これでローマ市民も安心して通常の生活にもどることができる。どこにいたんだ？」

「川べりに！」アウレリアは有頂天《うちょうてん》になるあまり状況《じょうきょう》がよくわかっておらず、両親が不安な目を見交わしたのを見て初めて、ひとりで外に出ることを厳しく禁じられていたことを思いだした。「パパ、ママ、しょうがなかったの！　どうしてもやらなきゃいけない、大切なことがあったから。わたし、捧《ささ》げ物をしたの。それもすごく大事にしているものを。それをテベレ川に投げこんで、祈《いの》りを捧《ささ》げたのよ。そうしたら、神々が願いを叶《かな》えてくださったの！」トラはアウレリアの隣《となり》にすわって前足をなめており、ぴちゃぴちゃ音を立てながら気持ち良さそうに、爪《つめ》のあいだまできれいにしている。アウレリアはトラの首あたりに腕《うで》を置いてにっこり笑い、全身からよろこびをあふれださせていた。

幸せそうなアウレリアを見ながら、一瞬《いっしゅん》カエサルの決意がゆるんだ。妻が目で必死に訴《うった》えている。お願い！　折れてやって！　ほら、あんなにうれしそうな顔をしている！　どうか娘《むすめ》の顔を曇《くも》らせないで！　しかしいったん口に出した言葉をひっこめることは、カエサルにはできなかった。

「娘《むすめ》よ、もうトラを手元に置いておくことはできない」心を鬼《おに》にして、きっぱり言った。「あまりにも危険だと、おまえもわかっているはずだ」アウレリアの顔がみるみる曇《くも》っていき、腕《うで》をブーツの首から下ろした。娘《むすめ》の体がふるえだすのがカエサルにはわかった。それでも先を続ける。「わたしも責めの一端《いったん》を担わねばならない。野生の獣《けもの》を娘《むすめ》に贈《おく》るという暴挙に出たのだからな。おまえはもう存分に、トラと楽しい時間を過ごした。しかし、いまとなっては、このトラは、逃亡《とうぼう》してローマ市民を恐怖《きょうふ》のどん底に突《つ》き落とした罪をつぐなわねばならんのだ」

「罪をつぐなう、ですって？　いったいどうやって？」

「もちろん、闘技場《とうぎじょう》へ送りだすのだ」

一瞬《いっしゅん》、沈黙《ちんもく》が広がった。それからアウレリアが甲高《かんだか》い声で叫んだ。「嘘《うそ》！　嘘《うそ》でしょ！　あのいまいましい闘技場《とうぎじょう》にブーツを送りだして、殺そうって言うの？」

カエサルの胸に熱い怒《いか》りがわきあがってきた。わたしに楯突《たてつ》こうというのか？　わたしの、じつの娘《むすめ》が？　息子ふたりでさえ、そんな恐《おそ》れ多いことはできないというのに！

「そうだ。彼《かれ》の飼育係もいっしょにな」激しい口調で言った。

アウレリアは凍《こお》りついたようにその場に立ち尽《つ》くし、顔から血の気が完全に消えている。「そんなことはできないわ」ささやくように言った。「だってわたしがブーツを取りもどしたんだから。トラを逃《に》がしたのはわたしだって言ったはずよ。それなのにユリウスを傷つけることなんてできない。あまりに残酷《ざんこく》すぎる。完全に間違《まちが》っている」

空気が凍《こお》った。カエサルは自分の耳を疑った。その意味を解読する自分の脳にも信用が置けなくなった。もしトラが隣《となり》にいなかったら、娘《むすめ》に飛びかかっていって殴《なぐ》りつけただろう。

「なぜ、一奴隷《どれい》の処遇《しょぐう》に、それほどまで気をもむ?」

アウレリアの口がひらいた。

この先に起こることを予測して、母親は身体に電流を受けたような気がした。前に出ていって娘《むすめ》の口を封じようとしたが、カエサルが手を払《はら》ってそれをとめた。

「正直に言え!」ふいに皇帝《こうてい》が怒鳴《どな》った。

しかしアウレリアは言葉にする勇気がなかった。ユリウスと同じように、床《ゆか》にひざをつき、頭をうなだれて両手で顔を覆《おお》った。全員が麻痺《まひ》して動けないような状況《じょうきょう》がずいぶん長く続いた。そしてようやくそれが終わった。

「おまえに正義を見せてやる」カエサルが、すっかり感情をぬぐいさった、恐《おそ》ろしいほどうつろな声で言う。「その目でしかと見届けるがいい。見ないですますことなどできないからな。必要ならわたし自らがおまえのまぶたを手でひらき、余すところなく見せてやる」

14 七月十五日

その日がやってきた。

マルクスは朝早くに目が覚めて窓辺に立った。その窓から、ブーツが逃亡《とうぼう》を図った森林が望める。トラはアウレリアによってつかまえられ（たったひとりで川まで出かけ、捧《ささ》げ物をしたという衝撃《しょうげき》のうわさが町中に広まっている）、カエサルがコロセウムに送ったことは当然ながら知っていた。自分がよくなでてかわいがり、ときに嫉妬《しっと》し、ときにあがめた動物が殺されるのが今日であることも知っている。ほかの状況《じょうきょう》なら、それを悲しんだにちがいない。

しかし今日はユリウスが死ぬ日でもあった。それは決定事項《じこう》で、何があってもくつがえることはないとわかっている。闘技場《とうぎじょう》に丸腰《まるごし》で送りだし、またべつのトラに、あの恐《おそ》ろしい人食いトラに八つ裂《ざ》きにされるのだ。そしてアウレリアもまた、その場に居合わせて事の展開を見守らなければならない。皇帝《こうてい》の娘《むすめ》がどうふるまうか、大勢のローマ市民の目が集まるなかで。

もちろん、群衆はだれひとりとして、今日アウレリアが観客席にいるのは自分の自由な意志ではなく、恐《おそ》ろしい光景を直視する罰《ばつ》を受けるためであることを知らない。しかしマルクスは知っている。今朝、アウレリアの気持ちを想像しようとしたが、火のついた松明《たいまつ》を近づけられて体がよけるのと同じで、頭脳もいやがって逃《に》げた。

アウレリアに頼《たの》まれたこともやっていなかった。父に本当のことを打ち明ける勇気が出なかった。それが心の大きな重荷になっている。そもそも話そうにも、父親がいつも家を空けていてつかまらない。ちょうど帝国《ていこく》に危険が迫《せま》りつつあるときで、元老院議員は四六時中会議に出席していたのだ。東から流入した野蛮《やばん》な侵入者《しんにゅうしゃ》に対して軍団が進撃《しんげき》を続けており、ふだんならマルクスもずいぶんと興奮するはずだった。男たちがぞくぞくと戦争に取られていくなか、市民たちは国情に不安を募《つの》らせるにちがいなく、そういうときこそ闘《とう》技《ぎ》によって市民の気をそらせる必要があると、ローマの支配層は考えていた。

丘《おか》を眺《なが》めているマルクスの背中に、ふいに父親の声がかかった。

「マルクス！」

マルクスは驚《おどろ》き、緊張《きんちょう》しながら振《ふ》り返った。

「今日の午後、闘技《とうぎ》を見に行きたくはないか？」

マルクスは立ったまま口をあんぐりとあけた。

「町中が大騒《おおさわ》ぎだ！　二頭のトラが死ぬまで戦う。当然おまえだって見たいだろう？」

「そのいっぽうはアウレリアのトラだよ」マルクスはぼそりと言って、サンダルをはいた足に目を落とした。

「ああ、もちろん知っているさ」元老院議員はじれったそうに言う。「だからなおさら、おまえは見たいんじゃないかと思ったんだ。どうだ、行くのか、行かないのか？」

父親がさぐるような目で自分を見ているのがマルクスにはわかっていた。もしここで、行きたくないといったら、やはり息子が何か隠《かく》しているのだと、父親の疑念が正しいことを裏付けてしまう。

「うん、決めた。ぼくも行く」

「それはよかった。カエサルの馬車に乗せてもらえるぞ。皇帝《こうてい》じきじきに、おまえを誘《さそ》ってくださったんだ」

どうしてだろうと、マルクスは考える。皇帝《こうてい》はアウレリアだけでなく、ぼくも罰《ばっ》するつもりだろうか？　それを考えるとぞっとした。観客席にすわるのが恐《おそ》ろしい。

しかしマルクスの胸にはそれとは別にうれしいような感情も生まれていた。それは彼《かれ》が大人に近づいていることに関係があるかもしれない。前回は、自分が優位に立ちたいために、アウレリアが脅《おび》えるのを期待していた。そのときにはユリウスがそばにいて、彼女《かのじょ》を支え、なぐさめていた。しかし今回は——これまで以上に慰《なぐさ》めを必要としているアウレリアは、きっと自分を頼《たよ》りにするだろうと、そう思えたのだ。

いずれにしろ、自分はどうしたってそこに居合わせねばならないという気がする。当然の罰《ばっ》なのだ。

アウレリアは父親と対決した日以来、自分の部屋から一歩も出ていなかった。

おつきの者が足音にも気をつかって毎度の食事を運んできても、いっさい手をつけない。着がえもしなければ、身体を洗うこともなかった。床《ゆか》の上をせかせか行ったり来たりしながら、泣きわめき、服をびりびりに破る。ほとんど眠《ねむ》らなかったが、寝《ね》るときはベッドではなく床《ゆか》に転がった。おそらく牢獄《ろうごく》にいるユリウスの生活を真似しているのだろう。これから起きることへの不安と恐怖《きょうふ》を、それよりもっと強い感情で打ち消そうと躍起《やっき》になった。考えるのは父のこと。果てしなき力を身に備え、それをつかって善を成そうが悪をなそうが思いのままだというのに、あえて人を傷つけることを選んだ父親に激しい憎悪《ぞうお》をたぎらせていた。

母親が部屋に入ってきてたしなめる──「まあ、なんてことを！　あなたには自尊心というものがないのですか？」するとアウレリアが母親に食ってかかる。

「ママはあの人の妻でしょ。もっと力が及《およ》ぼせるはずよ」

「いいえ！　無理です」

「女にはやり方ってものがあるって、聞いたわよ。あの人が迫《せま》ってきたら拒否《きょひ》すればいい──」

母親は縮みあがって、娘《むすめ》から飛びのいた。「どの口からそんな言葉が出るの？　あなた、お父さまの言うとおりだわ！　心がまよっているだけじゃなく、完全に正気を失っている！　皇帝《こうてい》の娘《むすめ》としてのたしなみと、服従はどこへ行ったのです？　わたしを見て、何も学ばなかったの？」

「わたしは憎《にく》んでいる相手に服従なんかしない！」

「アウレリア！　皇帝《こうてい》を憎《にく》むなど、神を冒瀆《ぼうとく》するのと同じですよ、たとえじつの父親でなかったとしても！」

「邪悪《じゃあく》さや残酷《ざんこく》さを憎《にく》むのが、どうして神を冒瀆《ぼうとく》することになるの？　ユリウスのことだけじゃないわ。何もかもよ。闘技《とうぎ》なんかやって、動物にひどいことをして。キリスト教徒にだって！」アウレリアはいまにも自分の秘密を暴露《ばくろ》しそうになったが、幸いなことに、そのときにはもう母親が逃《に》げるように部屋を飛びだしていた。両耳を手でふさぎながら。


そして恐《おそ》ろしい日はやってきた。

朝の早い時間にカエサルは男の使者をひとり、娘《むすめ》の部屋へ送りだした。

「お嬢《じょう》さま、準備をなさるようにと、皇帝《こうてい》のご命令です」

「行かないって言ってちょうだい」

使者はばつの悪い思いで目をそむけた。目の前にほとんど信じられない光景が広がっている。ローマ皇帝《こうてい》の美しい娘《むすめ》が、櫛《くし》も入れない汚《よご》れた髪《かみ》をぞろりと垂らし、びりびりに破れた服を床《ゆか》に引きずっている。げっそりした顔には狂気《きょうき》じみた表情がはりついていた。

「皇帝《こうてい》のご命令では」使者は言う。「もしお嬢《じょう》さまがご自分で準備をなさらなければ、使用人を送りだして、無理やりでも風呂《ふろ》に入れて着がえをさせろとのことです」

それでアウレリアは、望みは完全に絶たれたとわかった。あれだけ懇願《こんがん》しても聞き遂《と》げてもらえなかった。絶望を表現するために、ここまで身を落としたのも、まったくの無駄《むだ》だった。カエサルは本気だ。娘《むすめ》に縄《なわ》をつけてコロセウムまでひきずっていくつもりなら、やはり前に脅《おど》されたとおり、娘《むすめ》の後ろに立って、そのまぶたをむりやりあけて残酷《ざんこく》な光景を見せるにちがいない。それから逃《のが》れるためには死ぬしかない――しかしそれはできないと自分でもわかっていた。

どうしようもなくなって、アウレリアは恐《おそ》ろしい行動に出た。ラリウムにかけよっていって、その木の扉《とびら》を乱暴に開け、幼いころからずっと畏敬《いけい》の念を持って祈《いの》りを捧《ささ》げてきた、聖なる神の彫像《ちょうぞう》を両手でつかんで振《ふ》りあげ、床《ゆか》に力一杯《いっぱい》たたきつける。いやな音を立てて彫像《ちょうぞう》がつぎつぎと割れていく。

「伝えなさい！　わたしのしたことを父に伝えるのよ！」使者にむかって金切り声で怒鳴《どな》る。「わたしはいまキリスト教徒の神を信奉《しんぽう》していて、その神はわたしと同じように、あなたを憎《にく》んでいるって！」

使者はぎょっとして息を呑《の》み、逃《に》げていった。自分の見た信じられない光景も、皇帝《こうてい》の娘《むすめ》が口にしたあり得ない言葉も、決してだれにも言わなかった。そんな言葉を口にしたら、自分が神々に罰《ばっ》せられると恐《おそ》れたのだ。

アウレリアは待った。震《ふる》えながら全身をかたくし、だれかがやってきて自分を無理やり父の言いなりにしようとするのを待っている。

やってきたのは乳母《うば》だった。

ずかずかと入ってくると、部屋をつっきってアウレリアがすわっている床《ゆか》のまんなかまでやってくる。アウレリアは背を丸めて身をかたくし、最後まで抵抗《ていこう》しようと身構えている。乳母《うば》は変わり果てたアウレリアの姿に息を呑《の》んだが、何も言わなかった。ただ腰《こし》をかがめ、驚《おどろ》くべき力でアウレリアを立ち上がらせると、破れた服の上から思いっきり強く、身体をぴしゃりとたたいた。

「さあ、すぐに来なさい」命令する。

アウレリアは気がつくと、乳母《うば》になかばひきずられるかっこうで、自分専用の浴室に入っていた。乳母《うば》がつぎつぎと服を脱《ぬ》がせ、破れた服を隅《すみ》に放る。それからアウレリアの背を押《お》して、階段を二段下りた先にある石の四角い浴槽《よくそう》のなかに無理やりすわらせた。そこまですむとパンパンと両手を打ち合わせた。前もって準備していたらしい使用人らが、湯を入れた大きな銅製の水差しを持って入ってきた。乳母《うば》は彼女《かのじょ》たちを返すと、服の袖《そで》をまくりあげ、まるで四歳《さい》の子を扱《あつか》うかのように、アウレリアの身体を洗いだした。油をすりつけ、肌《はだ》かき器で垢《あか》を落としていき、手と足を軽石でこする。髪《かみ》を洗い、水差しの湯を頭から何杯《なんばい》もかける。小さなころによくこうしてもらったと思いだしながら、アウレリアはじっとすわっている。そのうちに戦う気力が身体から外に出ていき、湯で洗い流されていった。最後に乳母《うば》はアウレリアを立たせると、ふんわりした大きなシーツで全身をくるんだ。また別のシーツで手早く髪《かみ》を拭《ふ》いていくと、やがてぬれた黒い雲のようにアウレリアの肩《かた》に豊かな髪《かみ》がふわりと広がった。乳母《うば》はそれに櫛《くし》を通したあとで、長い象牙《ぞうげ》のピンをつかって大人の女性らしい髪型《かみがた》に結い上げた。

「さてと。今の季節はどんな服がいいかしら。最悪のことが起きる可能性がある場に着ていくのは？」乳母《うば》が言う。

アウレリアが苦悩《くのう》のあまり泣きだして、乳母《うば》の胸に顔を埋《う》めた。それを乳母《うば》は押《お》しのけて、両腕《りょううで》をつかんでしゃんと立たせる。

「しっかりなさい」きっぱりと言い、するどいまなざしでアウレリアをその場に縛《しば》り付ける。「試練のときです。自分が皇帝《こうてい》の娘《むすめ》であることを世間の前で証明するときが来たのです。あなたが皇帝《こうてい》をどう思おうと関係はありません。その身体はだれの乳でできあがったのか、よくお考えなさい。あなたはこの乳母《うば》に育てられたのですよ」

乳母《うば》はアウレリアをまた寝室《しんしつ》につれていく。入った瞬間《しゅんかん》、乳母《うば》は驚《おどろ》いて足をとめた。ここに至って初めて、床《ゆか》の上にこわれた神像が転がっているのに気づき、顔から血の気が引いていく。しかし何も言わなかった。それから、輸入物の一番上等な絹でできた美しいドレスをアウレリアに着せる。人目をひく、あでやかな色のドレスには、編み糸でつくった金色の帯がついている。肩《かた》には、ドレスの色を引き立てるショールをかけてやった。

「あなたのユリウスが闘技場《とうぎじょう》に出てきて」着がえをさせながら乳母《うば》が言いきかせる。「皇《こう》帝席《ていせき》を見上げる。そこにいるあなたを見るのよ。彼《かれ》が最後に目にするあなたは、脅《おび》えてめそめそした、負け犬のような女? それとも、憎悪《ぞうお》と悲しみで醜《みにく》くやつれた惨《みじ》めな女かしら? いいえ。彼《かれ》はそこに、美しく、強く、誇《ほこ》り高い皇帝《こうてい》の娘《むすめ》を見るのです。さらに、もし神々が許してくださるなら、こうも言いましょう——その娘《むすめ》は彼《かれ》に対する愛情を一杯《いっぱい》にたたえた目で、そこに立っている。その光景が彼《かれ》に、目の前に待つ難事とむき合う勇気を与《あた》えるのです。いまあなたが彼《かれ》にできることはそれだけなんですよ。いいえ、じっとして、わたしの話をよく聞きなさい。神々が定めたことを変えることはできません。それを受け入れるしかないのです。あなたがまだ幼いころ、わたしが教えたことを覚えているかしら? 女が気高く生きていくためには、勇気とあきらめの両方が必要なのだと」

乳母《うば》は仕上げとして、アウレリアの額に宝石で飾《かざ》った帯状の髪飾《かみかざ》りを巻きつけ、宝石がひとつぶついたペンダントを首に、金色の腕輪《うでわ》を腕《うで》につけてやる。アウレリアは心が麻痺《まひ》した状態で、じっと立ち尽《つ》くし、これから数時間のうちに起きる事に対する恐怖《きょうふ》以外、何も感じられない。

「あなたの従兄弟《いとこ》が待っていますよ」と乳母《うば》。

アウレリアははっとして麻痺《まひ》状態から抜《ぬ》けだした。

「マルクス？　マルクスがここにいるの？　彼《かれ》も――行くのかしら？」

乳母《うば》がうなずいた。アウレリアの心にずっしりのしかかっていた苦しみが、ほんのわずかだが軽くなった。少なくともひとりじゃない。自分の気持ちをわかってくれる人がそばにいる。

「それで、あなたは？　あなたも行くの？」哀《あわ》れをさそう声でアウレリアが言う。

「わたしですか？　わたしはそういう恐《おそ》ろしい場所には、これまで一度だって足をむけたことはありません。これからだってそうです。キリスト教に改宗して、ライオンの餌《えさ》として投げこまれないかぎりは」乳母《うば》が答えた。

アウレリアは一瞬《いっしゅん》乳母《うば》の顔をじっと見てから、部屋を出ていった。足が多少ふらついているものの、背筋はぴんと伸《の》びている。

乳母《うば》はほとんど習い性になった大きなため息をまたひとつついた。それから壊《こわ》れた神像のかたづけを始めた。ひとつかふたつぐらい、自分で修理できるものがあるだろう。見れば小さなラール神――家庭の幸せを司る陽気な小神――が、無傷で残っている。ブロンズでできているので壊《こわ》れなかったのだ。乳母《うば》はそれをじっと見る。ラール神は片手に豊穣《ほうじょう》の角を持ち、もういっぽうの手に飲み物を入れる容器を持っている。頭にツタの葉がからまり、トゥニカの裾《すそ》が揺《ゆ》れて、踊《おど》っている様が表現されている。乳母《うば》は小声で祈《いの》りの言葉を捧《ささ》げてから、それをもとあった場所にもどし、ラリウムの扉《とびら》をそっと閉める。それから使用人専用通路を通って宮殿《きゅうでん》の外へ出ていった。

彼女《かのじょ》がそこを出入りするのを、不審《ふしん》に思う者はいない。

15 闘技場《とうぎじょう》で

コロセウムは、闘技場《とうぎじょう》内を円形に囲む席の隅々《すみずみ》まで五万人の観客で埋《う》めつくされた。前列の席には皇帝《こうてい》、元老院議員や貴族らがすわり、その後ろの席には一般《いっぱん》の市民たちが、そして最上階の立ち見席には下層民たちが押《お》し合いへし合いして、闘技《とうぎ》のはじまりをいまかいまかと待ち受ける。

アリーナそれ自体は、アフリカの砂漠《さばく》を模してあり、一面に撒《ま》かれた砂が、容赦《ようしゃ》なく照りつける空に白い反射光を投げ返している。なめらかな砂の表面にはしみひとつなく、まだだれもそこに足をふみ入れたことがないかのようだった。この先、死に行く者の血をすべて吸い上げることになるというのに、いま人々の目に映る砂はまったく清らかだった。

例によって大騒《おおさわ》ぎをしていた群衆は、皇帝《こうてい》の一団がボックス席の奥《おく》から現れると、とたんにしんと静まり、それから申し合わせたように、一斉《いっせい》に皇帝《こうてい》を賛美する声を上げた。

アウレリアは父親に席を指定されるのを待たずに勝手に腰《こし》を下ろした――父親からできるだけ離《はな》れた場所を自分の席に決めて、その隣《となり》にすわるよう、マルクスに手で合図した。結局父は自分の後ろに立つつもりはなかったのだと、いまではアウレリアも気づいていた。おまえのまぶたを無理やりひらいてやると言ったのは単なる脅《おど》しで、実際にそんなことをすれば、皇帝《こうてい》の品位を落としかねなかった。しかしそこでふいに、近衛兵団《このえへいだん》のひとりが自分の後ろに立っているのに気がついた。もしや父親がこの男に命令をしたのだろうか……？　まさか。どんな男であろうと、皇帝《こうてい》の娘《むすめ》に恐《おそ》れ多くも手を出すことはできない。それとも手を出してくるのか？　それを思うとたまらなく恐《おそ》ろしくなって、衝動的《しょうどうてき》にマルクスの手をつかんだ。

レーキできれいにならされた砂の下、闘技場《とうぎじょう》の地下にある独房《どくぼう》や回廊《かいろう》や檻《おり》では、大勢が忙《いそが》しく立ち働いており、それぞれに目的を持っててきぱきと動いている。

上半身裸《はだか》の筋肉隆々《りゅうりゅう》の男たちが大勢、松明《たいまつ》の光で照らされた薄暗《うすぐら》い空間を行ったり来たりしており、いらだつ動物たちが発散する悪臭《あくしゅう》や自分たちの汗《あせ》が放つ臭気《しゅうき》があたりに充満《じゅうまん》しているのも気にならないほど、無我夢中で働いている。檻《おり》のなかをぐるぐる歩き回る獣《けもの》は、自分が危険の瀬戸際《せとぎわ》に立たされていることを十分にわかっている。

そんななか、ブーツだけがのほほんとしていた。まもなく戦闘《せんとう》が始まり、傷ついて死ぬ者が出るなどということはまったく知らない。周囲のにおいにも死に至るような危険を感じることはなく、ただ面白いにおいだと思って、くんくん嗅《か》いでいる。自分のいた動物園でなれ親しんだにおいと似ているものの、そこにはまたべつのにおいが加わっている気がする。それが恐怖《きょうふ》のにおいであることはブーツにはわからない。

檻《おり》がひとつ、自分の目の前を通過していく。そこでふいにブーツは身をかたくして立ち上がった。

自分と同じ動物がいる。

新たに鼻を突《つ》きぬけてきた強烈《きょうれつ》なにおい。それが脳の一部を刺激《しげき》する。なにか懐《なつ》かしい感じがしないか？　ずっとむかしに覚えていた何か？

まもなくその檻《おり》はガタゴトいいながら、過ぎ去ってしまった。

ブーツはまた横になったが、なんだか胸がドキドキして、また立ち上がると、狭《せま》い檻《おり》のなかをぐるぐる歩きだした。いまさっき嗅《か》いだにおいの何かに、神経が敏感に反応している。懐《なつ》かしいにおいが、いつまでも鼻の奥《おく》に残っている。脳がぼんやりと、ある印象を浮《う》かび上がらせた。温かくて長い脇腹《わきばら》。自分の顔にこすりつけられる顔。触《ふ》れあうほおひげで心を通じ合わせ、なぐさめを得た記憶《きおく》。そういう形での意思疎通《そつう》はほかの生き物とはしたことがなかった。

仲間の檻《おり》を最後に見た方向にブーツはずっと顔をむけている。

ブルートは何も気づいていなかった。彼《かれ》は戦いと、ご馳走《ちそう》にむかう途上《とじょう》にあった。彼《かれ》が知っているのはそれだけで、それだけわかれば十分だった。恐怖《きょうふ》はほとんど感じない。なぜなら地上で行われることはよく知っていて、それは自分にとってうれしいことだった。歯をむきだしてうなり、飛びかかり、殺して食らう。四方八方から聞こえてくる咆哮《ほうこう》が、彼《かれ》を戦いに駆《か》り立てる。

ブルートはよろこんで「旅行用」の檻《おり》から出て、台の上に載《の》せられた三方を柵《さく》で囲まれた檻《おり》のなかに移動する。それに乗って彼《かれ》は地上へと運ばれていくわけで、ひらいている一面が煉瓦壁《れんがへき》にすばやくむけられた。そこからはひとりぼっちだ。やがてほかの二本足がやってきて、不思議な機械で彼《かれ》を闘技場《とうぎじょう》内へ持ち上げる。いつもとまったく変わりない。

ところがそこで、ふだんとはちがうことが起きた。

いつも自分を怒《おこ》らせてばかりいる二本足が、ふいにそばに立った。それが彼《かれ》の名前を呼んでいる。

「ほら、ブルート。これを持ってきてやったぞ」

ブルートは警戒《けいかい》した。いつもトラのうなり声のようなものを出して自分をいじめている二本足が、今日にかぎって様子がちがう。いつものように先のとがった棒を持ってはいるものの、それで身体を突《つ》っつこうとはしない。棒《ぼう》の先には新鮮《しんせん》な肉の切れ端《はし》がついていた。

その肉が柵《さく》のすきまからなかに入ってきた。ブーツはすばやくそれに手をのばし、爪《つめ》をつかって肉をひったくると、がぶりと一口で飲みこんだ。

「いい子だぞ」二本足はそれだけ言っていなくなった。ブルートは横になってあごをなめる。まもなく別の二本足がやってきて、巻き上げ機でトラを闘技場《とうぎじょう》に上げる準備をした。

暗く不快な回廊《かいろう》で、アウレリアの乳母《うば》はカイウスを待っていた。

「ちゃんとやってくれた？」

「ああ、神のご加護があることを祈《いの》るばかりだ」

「大きくておいしい一切れをやってくれたのね？」

「やつがアリーナで横になって、グースカ眠《ねむ》りこけてもいいのかい？　いいや、やったのは小さな一切れだ。それだけでも、もし見つかったら、オレはやつのいる檻《おり》に投げこまれる」

「あらあら、心配は無用よ！　だれにもわかるはずはないんだから。さすがあなた、よくやってくれたわね」乳母《うば》は背伸《せの》びをしてカイウスにキスをした。ずっと昔、まだ若いころによくそうしたものだった。とはいえ、ふたりともまだ自分を年寄りだとは思っていない。カイウスが手を伸《の》ばしてきたが、乳母《うば》はさっと身を引いた。

「もうひとつの件も、忘れていないわね？」

「あたりまえだ、ベラ！　忘れるわけがない！」

ベラは胸元に手を入れて、硬貨《こうか》が音を立てる布袋《ぬのぶくろ》をひっぱりだした。老後の蓄《たくわ》えだったが、カイウスにそんなことを知らせる必要はない。カイウスの物欲しそうな目が布袋《ぬのぶくろ》に釘付《くぎづ》けになっていて、われ知らず手を伸《の》ばしている。

「わたしのために、お願いね。愛《いと》しいあなた」そっとささやく。

手に硬貨《こうか》の入った袋《ふくろ》を載《の》せながら、カイウスは若き日にあこがれたベラに熱いまなざしを注ぐが、ただ見つめる以外、何もできない。ベラは白髪《はくはつ》まじりのひげが生えたカイウスの頬《ほお》をいたずらっぽく指でちょんとつつくと、するりとその場を離《はな》れ、宮殿《きゅうでん》へもどっていった。

乳母《うば》は、これで満足というわけではなかった――まったくそんなことはない。希望が見えてきたかというと、それもない。しかしひとまず自分にできることをやった。それだけで、事が終わるまでのあいだ、多少なりとも心穏《おだ》やかでいられるだろう。

ユリウスは祈《いの》りを捧《ささ》げていた。身体は緊張《きんちょう》し、恐怖《きょうふ》にふるえている。それでも頭のなかはすっきりしていた。

控《ひか》えの場となる独房《どくぼう》に立って、頭を下げ、勇気をくれるよう神に祈《いの》る。力は不要だ——そんなものはかえってじゃまになる。むだに抵抗《ていこう》して観客をよろこばせるつもりはなかった。必要なのは強い心だけだ。

それから彼《かれ》はこの世に生を受けたことと、皇帝《こうてい》の娘《むすめ》に感じている愛に対して、神に感謝を捧《ささ》げた。許されぬ愛ではあったが、自分にとってこの上ない価値のある純粋《じゅんすい》な感情であり、心の底から彼女《かのじょ》を愛していると言えた。どうか、母親とアウレリアを見守ってほしいと神に祈《いの》った。

そして最後は、自分の人生を振《ふ》り返る。これまで生きてきて恥《は》ずべき事は何ひとつしていない。熱い日差しの下でうっかり居眠《いねむ》りをしてしまった、あのひとときを除いて。わずかな不注意で破滅《はめつ》に陥《おちい》った。しかし、ユリウスはそういう運命に怒《いか》りを感じているわけではない。皇帝《こうてい》の娘《むすめ》の命を危険にさらしたことは、死に値する罪だと自分でもわかっていた。

しかし、このような死に方は？

なぜいけない？　自分と同じか、あるいはもっと上等な人間が、これまで何人も同じ道をたどってきたではないか。それをこの目で見てきた。ライオンが飛びかかって男を倒《たお》し、苛《さいな》む。男が暴れれば、ライオンはなおさら興奮して容赦《ようしゃ》なく苛《さいな》む――それが獲物《えもの》を前にしたときの、ネコ科の動物の本能だった――それから、かみつき、爪《つめ》で引き裂《さ》き、やがて男がショックと失血で事切れる。ユリウスはもがくつもりはなかった。キリスト教徒とそっくり同じに、できるだけまっすぐ立っていて、それから――。

観衆がどよめいている。自分を処刑《しょけい》する獣《けもの》が登場したにちがいない。ユリウスは死を予感してふるえたが、そのさなかに、あることを思いだす。以前におかしなことを考えた――もし獣《けもの》に食われるようなことがあったら、その食われている最中に、獣《けもの》のために祈《いの》ってやろう。

「神々よ、これからわたしを殺す獣《けもの》を、どうか優しい目で見てください。わたしが生き長らえずとも、この獣《けもの》には寿命《じゅみょう》をまっとうさせてください」

そこでユリウスはにやっと笑う。なんとおかしな祈《いの》りだろう！　それでもこんな風に祈《いの》っている、そのせつなだけは恐怖《きょうふ》を忘れていられた。

しかし恐怖《きょうふ》はまたもどってきた。

いよいよ終わりのときがめぐってきた。ユリウスは深く息を吸う。浜辺《はまべ》に打ち寄せて小石を洗う波のように、恐怖《きょうふ》が胸に打ち寄せて、身体が緊張《きんちょう》する。

ふたりの衛兵が独房《どくぼう》のドアを乱暴にあけた。自身の意思で堂々と歩いていく機会は奪《うば》われ、ユリウスは回廊《かいろう》を引きずられていった。数段の階段の上にすばやくひっぱりあげられ、柵《さく》のついたゲートの前に立たされた。その先はもう闘《たたか》いの場だ。柵《さく》のあいだからユリウスは自分の殺し役である獣《けもの》を見ることができた。つきあたりの皇帝席《こうていせき》の真下に、それは立っていた。危険を知らせる天然の信号さながらに、しましまの毛並みがくっきり浮《う》きあがっている。

つかのまだが、不思議な誇《ほこ》らしさがユリウスの恐怖《きょうふ》を打ち消した。ということは、恥《は》ずべき死をむかえないですむということだ。臭《くさ》い息を吐《は》きだすハイエナの餌食《えじき》になるのでも、ごくありふれたライオンの牙《きば》にかかるのでもない。偉大《いだい》なる人食いトラに屠《ほふ》られるのだ！　これは相当な見物だろう。大勢の観客の記憶《きおく》に残るはず――一時間か、二時間のあいだは。

それから、まったく予想外のことが起きた。衛兵のひとりが、彼《かれ》の手に剣《けん》をにぎらせたのだ。

ユリウスはばかみたいにそれを見下ろした。自分の身を守るチャンスを与《あた》えられた！しかし彼《かれ》は剣闘士《けんとうし》ではない。剣《けん》を持たされたからと言って、なんの意味があるだろう？それでもしっかりと握《にぎ》る。わずかなチャンスにもしがみつかねばならない男のように。

鎖《くさり》の鳴る音……ゲートが上がり、ユリウスは前に押《お》しだされた。一瞬《いっしゅん》ののち、背後でゲートが閉まった。

群衆がしんと静まる。頭上から日差しが滝《たき》のように流れてくる。本日のショーがよく見えるよう、オリンポス山の高みにいる神々が、ふだん以上に強烈《きょうれつ》な光で場内を照らしているかのようだった。三十歩ほど先に立っているトラがふりかえって、ユリウスをにらんだ。彼《かれ》のほうへ、ゆっくりと近づいてくる。半分ほどまで距離《きょり》を縮めたところで、ユリウスの口がぽかんとあいた。

あれはブルートじゃない！　ブーツだ。

ブーツ！　自分の仕こんだトラ！　しかし以前とはちがっている――もはや毛並みのつやつやした、ふっくら太ったトラではなかった。やせて、見るからに飢《う》えた表情を浮《う》かべながら、頭を低くして、しっぽをぴくぴく動かし、喉《のど》の奥《おく》から深い音をもらしている。しかしそれはうなり声ではない。ユリウスにはなじみの、歌うような声だった。一度か二度、アウレリアに通訳したことがあった。「聞いてください！　彼《かれ》はこう言っています。〝不安なんだ、どうしていいかわからない。ぼくを安心させて！〟」

ユリウスは砂の上に剣《けん》を落とした。

観客が息を呑《の》む。

ユリウスは片手を——剣《けん》を持つべき手を——前に差しだしながら、トラに近づいていく。レーキでならされた砂に、これほど大胆《だいたん》に危険へむかう足跡《あしあと》をつけた人間はこれまでいない。

ブーツは彼《かれ》のにおいを嗅《か》ぐと、残った距離《きょり》を走っていって、それから後ろ足で立ちあがった。トラの頭も、持ち上げた前足も、ユリウスの頭上をはるかに越《こ》えている。この先に起きることの予測に観客が興奮の声をあげる。しかし巨大《きょだい》な前足は、鎧《よろい》も着ていない男の肩《かた》に「やさしく」下ろされ、男はのけぞって倒《たお》れることもなく、地面に足をしっかりふんばって立ち……そして……。

ここで観客が一斉《いっせい》に立ちあがった。「信じられない」と叫《さけ》ぶ声が場内のあちこちからあがる。

男がトラの耳をくすぐりながら、トラに話しかけている！　トラが男のあごに、顔をこすりつけている！

アウレリアとマルクスは臆面《おくめん》もなく互《たが》いの身体にしがみついた。驚《おどろ》きに目を大きくあけて、眼下で繰《く》り広げられている光景をまじまじと見ている。

大勢の観客から割れるような歓声《かんせい》があがった。よろこびと賛同の声だとわかって、アウレリアがはじかれたように立ち上がった。闘技場《とうぎじょう》に立つ愛すべきふたり組にまだ目を釘付《くぎづ》けにしつつ、皇帝席《こうていせき》を埋《う》める客のあいだを抜《ぬ》けて、父親のかたわらに立ち、父を抱《だ》きしめようとする。

「ああ、パパ！　あれはブーツよ！　ブーツなら彼《かれ》を傷つけないと知っていたのね。ありがとう！　ありがとう！　やっぱりわたしはパパを愛している――」

皇帝《こうてい》は娘《むすめ》に目をむけもせず、乱暴に押《お》しやった。アウレリアはもう少しで倒《たお》れるところだった。

「見ていろ！」

命令だ。

アウレリアはあとずさった。ほかの客たちがショックを受けて、彼女《かのじょ》に道をあける。アウレリアはすぐにマルクスの隣《となり》にもどってすわった。

マルクスもアウレリアに目をむけない。彼《かれ》の目は闘《たたか》いの場にむいていた。

「ほら、アウレリア」うつろな声でつぶやく。「見て」

アウレリアは見た。一瞬《いっしゅん》自分の感覚を疑った。広い闘技場《とうぎじょう》にいつのまにかトラが二頭いる。新たな一頭は、まるでどこからともなく地上に現れたかのようだった。


ブーツが最初にそちらに顔をむけた。またあのにおいがしたからだ。あの懐《なつ》かしい、心ひかれるにおいが、別の場所、別の時間を思い起こさせる。弾《はず》むような足取りで自分に近づいてくるもう一頭のトラは、地面に身をこすりつけるような体勢を取っており、何をしようというのか、その意図は明らかだった。

ブーツが動いてユリウスの前へ出た。ユリウスはその場に凍《こお》りついたようにかたまっている。

飛びかかる姿勢を取ろうとしたブルートが、そのなかばでかたまった。ちょうどトラ一頭分の距離《きょり》を置いて、二頭のトラがにらみあう。ブーツが低いうなり声を出した。

ブルートが吠《ほ》えた。肩《かた》の毛が逆立ち、唇《くちびる》をめくりあげて歯をむきだしている。片側にフェイントをかけて、飛びかかるふりをしたが、相手のトラは二本足の前から動かなかった。

ブーツが兄にまっすぐ近づいていく。ブルートが頭をかたむけて吠《ほ》える。とまどっていた。もういっぽうのトラは依然《いぜん》としてじりじりと近づいてくる。地面に腹をこすりつけて、視線を下にむけ、歌うような声を低くもらしている。いまやブルートもブーツのにおいを意識して嗅《か》いでいる。まぎれもないトラの一族。しかし、妙《みょう》な感じもする。オスなのにオスのにおいがしない。それに脅威《きょうい》も感じられない。こちらに襲《おそ》いかかろうとする気配もない。

ぎりぎりまで近づいたブーツは、ごろんと仰《あお》むけになり、相手に腹を見せる服従の姿勢を取った。

ブルートが面食らってあとずさる。目の先の、飛びかかれる場所に二本足が立っている。先のとがった棒は持っていない。完全な丸腰《まるごし》。弟のにおいに混乱しながらも、ブルートの鼻には紛《まぎ》れもない人間のにおいが入ってきている。本能とこれまでの経験が、あれは自分の獲物《えもの》だと教えている。しかし獲物《えもの》の手前に、自分と同種の動物が横になっている。

観客席が低くどよめいた。立ち見をしている五万人がしびれを切らしてきた。飼いならされたトラとマジシャンによる珍《めずら》しいショーにはもう飽《あ》きて、人食いトラの出番を待ってうずうずしている。それを期待してやってきたのだ――戦いを、死を、見せてもらおうじゃないか。

その運命の瞬間《しゅんかん》――恐《おそ》ろしい影《かげ》が宙を飛んで飛びかかってくると見た瞬間《しゅんかん》、抵抗《ていこう》せずに死ぬというユリウスの決心は跡形《あとかた》もなく消え、身を守ろうという本能が目を覚ました。
身体が勝手に動きだし、脇《わき》へ飛んだ。黒と金の影《かげ》が、すぐ横を通過して地面に着地し、またこちらを振《ふ》り返った。しかしユリウスは別の方向をむいており、間髪《かんぱつ》を入れずにかけだした。砂の上できらりと光るものを目指してひた走る。剣《けん》だ！　トラはそのすぐ後ろに迫《せま》っていたが、腹に肉片が収まっている状態では、ふだんのスピードが出ない。ユリウスがつんのめりながら足をとめ――足先に剣《けん》が落ちている――腰《こし》をかがめて剣《けん》に手をかけ、ひと握《にぎ》りの砂とともに、剣《けん》の柄《え》をつかんだ。砂がシャワーのように降ってきた。

よし、いいぞと、群衆が歓声《かんせい》をあげる。

ユリウスには振《ふ》り返るだけの時間しかなく、中腰《ちゅうごし》のまま剣《けん》を構えたところに、ブルートが飛びかかってきた。あまりの恐怖《きょうふ》にユリウスは顔を横にそむけて、目をかたくつぶったものの、命じられもしない手が胸の前でしっかり剣《けん》を構えている。

ブルートが剣《けん》の先めがけて飛びかかっていた。あのとがった先は、飛びかかった瞬間《しゅんかん》に消えるはずだ。いつもそうだった。

しかし今度はちがった。

トラの体重で剣《けん》がかたむき、ユリウスが地面に倒《たお》れた。しかし剣《けん》はトラの胸にしっかり傷をつけていた。すさまじい咆哮《ほうこう》を上げてあとずさるほどに深い傷を。今日最初の血が、砂にしみをつける。

ユリウスは必死に立ち上がった。一歩下がったところで、トラが歯をむきだし、ヘビのように頭を波打たせている。十本の爪《つめ》をすべて伸《の》ばし、剣《けん》をたたき落とそうと、むかってくる。その湾曲《わんきょく》した刀のような爪《つめ》から逃《のが》れようとユリウスが飛びすさる。全身から噴《ふ》きだす汗《あせ》。あらゆる神経に電流が通ったようで、いますぐ逃《に》げろと彼《かれ》をせき立てる。走れ！ 走れ！

頭上の喧噪《けんそう》から、ふいにアウレリアの叫《さけ》び声が聞こえた。「戦って、ユリウス！ 戦うのよ！」

ユリウスはつかのまでも、トラから目をはなしはしなかった。しかし、彼女《かのじょ》がそこにいることはわかった。その言葉が逆とげのように彼《かれ》の身体にひっかかり、勇猛《ゆうもう》へと引きずっていく。ユリウスは剣《けん》をしっかり握《にぎ》り直した。よし！ やはり戦わねばならない。当然負けるだろう。それでも戦わねばならない。ふるえている足を地面にしっかりつけてふんばり、背筋をまっすぐ伸《の》ばすと、心持ち背が高くなった気がする。

その瞬間《しゅんかん》、ユリウスは驚《おどろ》きの事実に気づいた。

自分には、トラの考えていることがわかる。

ブーッといたずらに長い時を過ごしてきたわけではなかった。彼《かれ》の言葉を覚え、アウレリアに通訳して聞かせた。さあ、いま目の前にいるトラは、なんと言っている？　ユリウスは自分をにらむ黄色い眼をじっと見つめる。のたくる頭に、地面をうちつけるしっぽ。前足で宙をなぎ払《はら》っている。「オレは怒《おこ》っている！　痛いんだ！　復讐《ふくしゅう》してやる！」きっとそう言っているのだろう。しかし、それだけではない。それだけなら、いますぐ飛びかかってきそうなもの。まだ何か言っている……？

［不安なんだ。怖《こわ》いんだ］

ブルートの眼を見すえながら、ユリウスはありったけの勇気を奮い起こし、一歩前へ進みでた。

そうしながら、トラにわずかな変化が生まれるのに気づいた。すくみあがっている――ほんのわずかだが、たしかに脅《おび》えている。この瞬間《しゅんかん》ユリウスには、形勢が逆転したのがはっきりわかった。もう一歩前へ出て、トラの顔にまっすぐ剣《けん》の先をむける。これは意志の戦いであり、トラを特別に理解している自分には、わずかだが勝てるチャンスがある。

ブルートがしゃがんだ。尻《しり》を左右に揺《ゆ》すって、飛びかかる勇気を奮い起こそうとしている。しかし二本足の目はずっと自分から離《はな》れない。その視線を彼《かれ》はもはや受けとめきれなかった。

トラが顔をそむけた。

ユリウスの心臓が興奮にとびはねた。その仕草が何を意味するのか、彼《かれ》にはわかっていた。頭のなかで、アウレリアに通訳する。「ほら、わかりますか？　彼《かれ》はこう言ってるんです。〝どうしてオレを恐《おそ》れない？　オレを恐《おそ》れないのは、オレより強い動物だけだぞ〟」

ユリウスはさらに一歩進んだ。観衆が緊張《きんちょう》のあまり、しんと静まる。

「ブルート！」

ブルートが一瞬《いっしゅん》、驚《おどろ》きの眼でユリウスの顔をまじまじと見た。オレの名前！

「下がれ。下がれ。下がれ！」

ひと言命令するたびに、ユリウスは一歩前へ進む。

トラのあらゆる神経と腱《けん》が命令に従おうとする。この二本足はオレの主人だ。彼《かれ》はあとずさりを始めた。腹を砂につけて、ゆっくり、ゆっくり。そうしながら歌うような声を喉《のど》から出している。弟が出していたのと同じ声。服従の印だ。
［なんて言ってるの、ユリウス？］
［今度はこう言っています。〝おまえの勝ちだ。しかし油断をするな。ちょっとでも目をそらしたら、飛びかかってやる！〟］
［だったら、目をそらさないで！　あなたには生きて欲しいの！］
頭のなかで勝手につくりあげた会話だったが、それでも、アウレリアが頭上の皇帝席《こうていせき》にいるのは真実だった。彼女《かのじょ》が見守っている。自分に声をかけてくれて、戦えと励《はげ》ましてくれた。ユリウスの血管が勇気と希望でかっと熱くなった。
トラはどんどんうしろに下がっていく。そうして十分下がったところで、砂の上にすわって前足の上に頭を載《の》せた。それからごろんと横になり、あごを胸にくっつけると、傷をなめだした。もう闘争心《とうそうしん》は微塵《みじん》も残っていない――ブルートは降伏《こうふく》していた。ユリウスは勝利の仕草として、ゆっくり剣《けん》の先を下げた。

16 意志の勝利

観客席が爆発《ばくはつ》したようだった。総立ちになって歓声《かんせい》を上げるローマ市民がコロセウムを埋《う》めている。

ユリウスは皇帝席《こうていせき》に顔をむけた。汗《あせ》が流れこむ目が、鮮《あざ》やかなドレスに身を包んで颯爽《さっそう》と立つ、美しいアウレリアの姿を認めた。両手を顔に当てて、頬《ほお》に涙《なみだ》がこぼれている。ぼくのために泣いている！

観客も衛兵もみな立ち上がり、なかには手すりから身を乗りだしすぎて落ちそうになりながら歓声《かんせい》を上げている者もいた。

ユリウスの目が皇帝《こうてい》をとらえた。歓声《かんせい》を上げていない唯一《ゆいいつ》の人間で、わずかな感情も見せない。興奮して大騒《おおさわ》ぎをする群衆が周囲を取り巻くなか、彼《かれ》ひとりが箱のなかで、凍《こお》りついたようにまっすぐ立ち尽《つ》くしている——熱狂《ねっきょう》に沸《わ》く巨大《きょだい》な闘技場《とうぎじょう》のなかで、そこだけ空気が異質だった。

ユリウスは腰《こし》を曲げてお辞儀《じぎ》をする。観衆がよろこびに沸《わ》いて大きく腕《うで》を振《ふ》り、宙に様々な物が投げ上げられる。ユリウスには、皇帝《こうてい》が——人間界のトラが——さっきのブルートのように戸惑《とまど》っているのがわかった。皇帝《こうてい》はユリウスを殺すと心に決めている。皇《こう》帝《てい》が合図をするだけで、血も涙《なみだ》もない殺し屋がアリーナを埋《う》め、一瞬《いっしゅん》のうちに彼《かれ》は殺される。皇帝《こうてい》の顔から、ユリウスにはそれがわかった。自分の権力を行使したくて、うずうずしているのが。

しかし皇帝《こうてい》といえども、これだけの群衆に逆らうことはできなかった。この雰囲気《ふんいき》では無理だ。しかも帝国《ていこく》が侵入者《しんにゅうしゃ》から脅《おびや》かされているいまこのとき、皇帝《こうてい》には市民を懐柔《かいじゅう》する必要があった。

まったく気が乗らないながら、カエサルはしぶしぶとなすべきことをする。月桂樹《げっけいじゅ》の冠《かんむり》を頭からはずし、ほとんど投げやりといったぎこちない仕草で、ユリウスにそれを投げた。ユリウスは冠《かんむり》を自分で頭に載《の》せた。

皇帝《こうてい》の判定を前に、観衆がしだいに静まっていく。

「よくやった」会場の隅々《すみずみ》まで届く声で皇帝《こうてい》が言う。

わずかな間のあとに、またたくさんの声がひびきわたる。

「彼《かれ》を解放しろ！　自由を与《あた》えよ！　自由を！」

カエサルが両腕《りょううで》をかかげた。怒《いか》りと欲求不満で顔がどす黒くなっている。しかし彼《かれ》は口をひらき、そこから出る言葉を五万人の観衆が耳にした。

「そなたは晴れて自由の身だ」

観客が新たな興奮に沸《わ》いて歓声《かんせい》を上げた。今度の歓声《かんせい》は皇帝《こうてい》の判断を讃美《さんび》するものだった。観客が沸《わ》きに沸《わ》いているあいだに、カエサルは剣闘士《けんとうし》を呼んだ。

よろこびと安心でのぼせながら、ユリウスは彼《かれ》らがアリーナに入ってくるのを見ている。巨漢《きょかん》の剣闘士《けんとうし》六人の、真鍮《しんちゅう》の鎧《よろい》と抜《ぬ》き身の剣《けん》が、陽光を反射してぎらぎら光っている。顔を隠《かく》す仮面が、なにやら人間離《ばな》れした恐《おそ》ろしさを感じさせる。三組に分かれて戦うのだろうか？　なぜいまになってそんなことを？　まだトラが檻《おり》にもどっていないというのに。

次の瞬間《しゅんかん》ユリウスには、皇帝《こうてい》が指をさすのがわかった。まず片方のトラを、次にもういっぽうのトラをさし、それから親指を下にむけた。鎧《よろい》に身を包んだ大柄《おおがら》の剣闘士《けんとうし》が、三人ずつにわかれて、ブーツとブルートにむかっていく。

「だめよ！　やめて！」

しんと静まっている観客席から、アウレリアの切羽詰《せっぱつ》まった叫《さけ》び声が上がった。「トラを罰《ばっ》しないで！　こんなに美しい動物を！　生かしてやって！」

「傷つけないで！」彼女《かのじょ》は叫《さけ》び、いまや観客全員がそれを聞いていた。

カエサルはもう一度親指を下にむけた。自分に敗北と恥辱《ちじょく》をもたらした獣《けもの》たちに復讐《ふくしゅう》するのだ。

しかし観客にはそんな思いは微塵《みじん》もない。観客席を埋《う》める大群衆はいまや力を持ち、観客自身がそのことをよく自覚していた。トラたちを死に追いやるなど許せない！　このような展開を見たあとで殺させるわけがない！　流血の戦いにはスリルがあるが、この珍《めずら》しいショーにはまた別種のスリルがあった。意志と勇気が勝利したのであり、くわえてトラたちには、また後日の楽しみのために、生きのびて戦ってもらわねばならなかった。

アウレリアの叫《さけ》びを受けて、ひとりの男が声を張り上げた。

「偉大《いだい》なるカエサルよ！　どうか慈悲《じひ》の心を見せてくれ！　トラたちの命を助けてくれ！」

するとふたたび、耳を聾《ろう》するばかりの声が観客席からあがり、それがカエサルの意志をくじいた。剣闘士《けんとうし》はどうしていいかわからず、途中《とちゅう》で足をとめたまま、皇帝席《こうていせき》を見上げて指示が出るのを待っている。皇帝《こうてい》の腕《うで》はまだ前に伸《の》ばされていたが、人々の朗唱が波のように押《お》し寄せて彼《かれ》を打ちのめす。腱《けん》がねじれ、こぶしがゆっくりと反転する。親指が天をむいた。

花、硬貨《こうか》、装飾品《そうしょくひん》、服などなど、観客席から様々な物が降ってきて、闘技場《とうぎじょう》の砂の上に落ちる。観衆はすっかり有頂天《うちょうてん》になり、自分たちの力を思い知って、また新たなよろこびに沸《わ》き返る。カエサルの強靭《きょうじん》な意志を、自分たちが覆《くつがえ》した。大衆の総意が皇帝《こうてい》に勝利した。その事実に気づいていない者は会場にひとりもいなかった。

何かかたい物――サンダルの片方――が、ブルートの脇腹《わきばら》にぶつかった。

ブルートは飛びあがった。ふいに投げ槍《やり》のように降ってきた様々な物に驚《おどろ》いて、砂に血をしたたらせながらブーツのもとへ逃《に》げていく。ユリウスはその様子をじっと見守っている。いまや二頭は横に並んで、身体をぴたりとくっつけていた。自分たちが兄弟であることを思いだしたのだろうか。しかしそんなことはどうでもいい。彼《かれ》らは人間と敵対する、同じ種の動物だ。たった二頭で、騒々《そうぞう》しい声をあげる巨大《きょだい》な群衆とむき合っている。まるで途方《とほう》もなく巨大《きょだい》な一頭の動物を敵にまわしたように、頭上から、四方から、あらゆるところから脅威《きょうい》を感じているはずだった。

これが物の道理だと、ユリウスは気づいた。どんなに強い動物が、どれだけ雄々《おお》しく戦ったところで、観客は満足しない。最後には必ず人間の力が勝つ。人間は、この世界を制圧する絶対的な主人であり、冷酷《れいこく》な征服者《せいふくしゃ》だった。

非道な行いを平気でする、血も涙《なみだ》もない人間！　それはローマという国そのものについても言えた。その力の前には、だれもがひれふす。カエサルの権威《けんい》にみなが服従するのだ。

二頭のトラが身を寄せ合っているのを見ながら、ユリウスの胸に熱い怒《いか》りが沸《わ》いてきた。カエサルの命令を合図に自分たちを殺そうと待ち構える剣闘士《けんとうし》を、二頭のトラは恐怖《きょうふ》に脅《おび》えてじっと見ている。それでもほんの少し前、カエサルは敗北を喫《きっ》している——自分が支配する民衆によって、自分の意志が曲げられた。個人なら、なんのためらいも良心のとがめもなく、あっさり殺せるはずだった。

まだユリウスも殺せる。

自由民として勝利を勝ち得たユリウスが、顔を上げて皇帝《こうてい》に目をむける。もはや彼《かれ》は奴《ど》隷《れい》ではない。観衆の拍手喝采《はくしゅかっさい》を耳で聞きながら、それでもユリウスには自分が依然《いぜん》として死んだも同然であることを知っていた。観客が出払《ではら》ってコロセウムがからっぽになり、トラが檻《おり》にもどされたあと、カエサルは暗殺者を送ってユリウスを殺すことができる。

そう、皇帝《こうてい》にはそれができる。一度は自由民にしておいて、それをあとで忌々《いまいま》しいシミのように消し去るのだ。

ユリウスは燃えるようなまなざしを一度だけアウレリアにむける。目と目が合った瞬《しゅん》間《かん》、彼《かれ》はそれを見た。アウレリアの瞳《ひとみ》に、自分への愛が輝《かがや》いている。少なくともその愛は自分の力で勝ち得たものだとユリウスにはそう思えた。それを証明するかのように、アウレリアは自分の肩《かた》からショールをひったくり、それを丸めてボールのようにしてから、彼《かれ》にむかって投げた。ユリウスは剣《けん》の先でそれをとらえ、自分の首に巻いてから、彼女《かのじょ》にむかって腕《うで》を掲《かか》げた。まるで投げキスのようであり、カエサルの顔が唇《くちびる》まで真っ白になった。

しかしながら観衆はその仕草に熱狂《ねっきょう》し、ますます興奮した。

ユリウスにはそう感じられた。

首に巻きつく、絹地の温かな感触《かんしょく》がユリウスから恐怖《きょうふ》を完全にぬぐいさった。かかとを支点にくるりと回転して皇帝席《こうていせき》に背をむけると、ユリウスはトラたちのいる方向へ堂々と歩いていった。二頭は身をよせあって縮《ちぢ》こまり、すっかり脅《おび》えていた。ユリウスはふたりの頭に――そう、服従したブルートにも同じように――手を載《の》せた。そうして、あとずさりながら、ブーツがよく知っている手招きをする。ブーツがユリウスに近づいてきた。置いていかれるのがいやなのか、ブルートもまた弟のあとについてきた。

新たに自由民となったユリウスは、コロセウムの出口のひとつからトラを連れて出ていく。地下室に続く出口ではなく、ローマ市街に出る出口だった。

だれも彼《かれ》らをとめなかった。巨大《きょだい》なコロセウムは、大勢の観客を速やかに外に出せるよう、巧《たく》みな建築形式をとっており、出口はいくらでもあって、簡単に外に出ることができた。外のゲートに配置されている番兵は、男がひとり出てくるのに気づいて、とめに出ようとした。しかし、そのあとから二頭のトラが鎖《くさり》にもつながれずに並んで歩いてくるのを見たとたん、番兵は縮《ちぢ》みあがり、持ち場にいられなくなった。槍《やり》を捨てて逃《に》げていく。

ユリウスはその場に立って、真昼の熱い日差しの下に浮《う》かびあがる、からっぽの通りを見まわした。すぐ目の前で、二頭のトラが彼《かれ》の命令を待って立っている。トラと人間の背後にそそり立つ、湾曲《わんきょく》した高い壁《かべ》のむこうでは、まだ歓声《かんせい》が上がっていた。

何が起きたのか、本当のことにカエサルが気づくまでに時間はわずかしか残っていない。トラたちが本来の居場所である地下室にもどったのではなく、コロセウムから抜《ぬ》けだして自由になった！　それに気づけば、皇帝《こうてい》はすぐさま追っ手を送りだし、確実に殺そうとする。自分たちは逃《に》げなければならない——トラも人間も！　しかしトラより先に人間が走りだしてはいけないことをユリウスは知っている。ブルートがトラの本能で人間を追いかけるからだ。まずトラを先に逃《に》がさないといけない。

「行くがいい！　美しき獣《けもの》たちよ！　さあ！」ユリウスが叫《さけ》んだ。

しばらく二頭のトラは、不安げに立ち尽《つ》くしている。それからブーツが先に立って歩きだした。彼《かれ》は以前にも放されたことがあり、自由への道を心得ている。ブーツが振《ふ》り返って兄に顔をむけた。ふたりが心を通じ合わせているのが、ユリウスにはわかる――「ついてきて。いっしょに行こう」ブーツはそう言っている。

それからブーツは弾《はず》むようにかけだした。

そのあとにブルートが続く。傷のせいで走りづらいようで、一度転んだが、またすぐ立ち上がった。黒と金の渦《うず》を描《えが》くふたつの旋風《せんぷう》のように、二頭のトラは角を曲がって姿を消した。

それからユリウスが駆《か》けだした。重たい剣《けん》は捨てた。まず母親のもとに行って、さよならを言わねばならない。この月桂樹《げっけいじゅ》の冠《かんむり》を母に残していこう。それがすんだら、トラと同じように走って町のはずれにむかい、その南に広がる人の住まない未開の地へ逃《に》げるのだ。

ひとりぼっちで友もなく、人に追われ、愛する人を後に残して、もう二度と会えない。それでも自由だった。

エピローグ

アウレリアはそれから二度とユリウスには会わなかった。

父親はもう娘《むすめ》を罰《ばっ》しはしなかった。群衆に敗北を喫《きっ》した、その事実のほうに、もっと強い痛手を受けており、それを娘《むすめ》のせいにするわけにはいかなかった。くわえて、外敵から帝国《ていこく》を脅《おびや》かされて、処理しなければならない山ほどの国事に追われていたから、あの日コロセウムで起きたことをいつまでも気にしている余裕《よゆう》がなくなっていた。父と娘《むすめ》の関係は二度と親密にはならなかった。だからといって父親は、それに文句を言える筋合いもなかった。

その二年後、アウレリアは従兄弟《いとこ》のマルクスとの結婚《けっこん》を承諾《しょうだく》した。政略結婚《けっこん》であって、恋愛《れんあい》感情は微塵《みじん》もない。それでも不幸せではなかった。お互《たが》いが感情の深いところで理解しあっており、人生のパートナーとして良い関係が続いた。後年には、悲喜こもごもの人生経験を経て、より深い絆《きずな》で結ばれるようになる。

ふたりは四人の子どもに恵《めぐ》まれた。うちふたりは生まれながらに障害を持っており、まだ幼いうちにひっそりと亡くなった。自然の流れなのか、そこに何かしら人の手が加わったのか、定かではない。残るふたりは男子と女子で、外見においても性格においても、どちらも両親のもっとも優れた部分を受け継《つ》いだようだった。ふたりの祖母である姉妹は、仲の良い子どもどうしの縁組《えんぐ》みをしたわけだが、当人同士の好悪《こうお》を考慮《こうりょ》しない政略結婚《けっこん》であったから、最初は罪悪感にも駆《か》られ、果たしてうまくいくだろうかという不安もあったが、最終的には、ほっと胸をなでおろすことになった。

アウレリアの兄ふたりは、ともに父親よりも早く亡くなった。ひとりは戦地で命を落とし、もうひとりは謎《なぞ》めいた状況《じょうきょう》で息絶えたのだ。こういう死は後代になっても、皇帝《こうてい》の後継者《けいしゃ》にはつきものだった。それで次期の皇帝《こうてい》はアウレリアとマルクスの次男に決まった。名前をセクンドゥス・ダリウスと言ったが、祖父のカエサルが崩御《ほうぎょ》してその跡《あと》を継《つ》ぐことになると、母のたっての願いを聞き入れて、ユリウス・セクンドゥスと改名した。

ユリウス・セクンドゥスは国を賢明《けんめい》に治めた。ローマ市民の生活における闘技《とうぎ》の重要性が薄《うす》れたのも、彼《かれ》の治世だった。まだ廃止《はいし》されはしなかったが、この皇帝《こうてい》は親指を下げるより立てることのほうが断然多く、闘技場《とうぎじょう》で戦うために遠方から連れて来られる動物の数もぐっと減った。それはローマの勢力と支配にかげりが出てきたことが一部原因している。北と東からやってくる侵入者《しんにゅうしゃ》たちの襲撃《しゅうげき》が頻繁《ひんぱん》になり、遠方の広範囲《こうはんい》にわたる国境を防備する費用を維持《いじ》するのが不可能になってきたのだ。ローマの領土は徐々《じょじょ》に縮小していき崩壊《ほうかい》へとむかっていく。

キリスト教もかげに隠《かく》れてではあるが、着実に勢力を伸《の》ばしていった。コンスタンティヌス帝《てい》が母親の願いに屈《くっ》してキリスト教を正式にローマの国教にすると宣言するまでには、まだあと二年のときを待たねばならなかったが、それでもアウレリアは新しく信じるようになった宗教に――秘密裏に――帰依《きえ》することができ、子どもたちにもそれを教えた。ただし、まだ表だって信仰《しんこう》の儀式《ぎしき》をするのは無理だったが。

改宗するよう、乳母《うば》を説得することは最後までできなかった。乳母《うば》は死ぬまで昔ながらの神々を篤《あつ》く信仰《しんこう》し続けた。何度も話したい誘惑《ゆうわく》に駆《か》られながら、乳母《うば》は死の床《とこ》についても、自分がカイウスに金を渡《わた》して、ユリウスの手に剣《けん》を持たせたことは話さなかった。

せっかく渡《わた》した賄賂《わいろ》をつかう暇《ひま》もなく、早くにカイウスが死んだことを自分がどう思っているか、それも話さない。ユリウスが勝利を手にして、自由民の地位を手に入れ、永遠に姿を消したあの日に、自分がどんな役割を果たしたか、大事な情報はすべて、自分が死ぬときに墓場まで持っていった。

さて、二頭のトラはどうなっただろう？

だれにも正確なところはわからないが、人間につかまらなかったのはたしかだ。南イタリアの広大な土地には、当時まだ人は住んでおらず、獲物《えもの》も、隠《かく》れる場所もふんだんにあった。

捕獲《ほかく》されていた数年のことは忘れて、手つかずの自然のなかで本能を取りもどし、二頭ともに寿命《じゅみょう》をまっとうしたということは十分に考えられる。兄弟がまた仲良くなって、いっしょに狩《か》りをしたり眠《ねむ》ったり遊んだりしたと考えるのも、また心楽しい。起伏《きふく》の激しい岩だらけの丘《おか》や、危険のない暖かな谷を二頭でかけめぐったことだろう。ひょっとしたら、絶妙《ぜつみょう》のコンビになったかもしれない――ブルートは追跡《ついせき》がうまく、ブーツは隠《かく》れるのを得意として。ひょっとしたら、ブーツに盗《ぬす》みを働いた、あのちょっとおつむの弱い羊飼いのルーファスがふたりの前にまた現れたかもしれない。

それでもブーツは決して人間を食べようとはしなかっただろう。

そしてユリウスは？

二頭の兄弟トラは孤独《こどく》とは無縁《むえん》だったが、知り合いや愛する者をすべてあとに残して、二度と会えない状況《じょうきょう》に自分を追いこんだユリウスはどうだったろう？

彼《かれ》もまた長靴《ながぐつ》のようなイタリアの地を南に下って、都会から安全な距離《きょり》を置いた、村落や小さな丘《おか》の町に出ていって人間同士の交流を深めたと考えたい。ひょっとしたら、放浪《ほうろう》する語り部になったかもしれない。事実をもとに、恋愛《れんあい》物語や武勇伝を人々に語って聞かせていたとしたら、これもまた面白い。いつも首に巻いていて、しだいに色褪《いろあ》せてきた絹のショールは、きっと人々に注目され、それにはどんないわれがあるのかと、しょっちゅう聞かれたことだろう。

しかし、もし彼《かれ》が賢明《けんめい》なら――おそらく、そうにちがいない――きっと本当のことは言わず、食べていくのに必要なお金を、つくり話を聞かせて稼《かせ》ぎ、本当の自分の過去は、初めて愛した人の記憶《きおく》とともに、心の奥底《おくそこ》にずっとしまっておいたにちがいない。

著者の覚え書き

ローマの皇帝《こうてい》は数多くいたが、この物語に登場するのは架空《かくう》の人物であり、ほかの登場人物や出来事もすべて、作者がつくりだしたものである。

それでも、古代ローマに関する事実――人々の暮らし方、コロセウム、闘技《とうぎ》における動物と剣闘士《けんとうし》の役割、民主的な国造りという初期の理想が崩《くず》れて、カエサルの独裁《どくさい》政治に堕《だ》したローマの国情、ゆっくりと、しかし着実に勢力を伸《の》ばしていくキリスト教――といったものは、できるかぎり史実に添《そ》わせた。

作中にはあえて明確な日付は入れなかったが、三世紀末――ローマ帝国《ていこく》がゆっくりと崩壊《ほうかい》にむかい、ギリシャ、あるいはビザンティン帝国《ていこく》に取って代わられるまでの、およそ二百年間――あたりを想定してもらえれば、そうはずれてはいないだろう。

作者／リン・リード・バンクス（Lynne Reid Banks）
1929 年イギリスのロンドンに生まれる。作家になる前は女優やテレビ局のジャーナリストとしても活躍し、1962 年にはイスラエルへ移住して北部のキブツで八年間教鞭を執っている。日本でも紹介された『リトルベアー――小さなインディアンの秘密』（佑学社）に始まる「リトルベアーの冒険」シリーズは爆発的な人気を博して映画にもなった。2013 年 10 月には、子どもの芸術に目覚ましい貢献をしたことでジェイムズ・マシュー・バリー（『ピーターパン』の作者）賞を授与されている。

訳者／杉田 七重（すぎた ななえ）
1963 年東京都に生まれる。小学校の教師を経たのちに翻訳の世界に入り、英米の児童文学やヤングアダルト小説を中心に幅広い分野の作品を訳す。主な訳書に、『三千と一羽がうたう卵の歌』（さ・え・ら書房）、『時をつなぐおもちゃの犬』（あかね書房）、『不思議の国のアリス』（西村書店）、『小公女セーラ』、『小公子セドリック』、『クリスマス・キャロル』（角川書店）、『手紙　その消えゆく世界をたどる旅』（柏書房）がある。

王宮のトラと闘技場のトラ

2016 年 2 月　第 1 刷発行
作者／リン・リード・バンクス
訳者／杉田 七重
発行者／浦城 寿一
発行所／さ・え・ら書房　〒162-0842 東京都新宿区市谷砂土原町 3-1　Tel.03-3268-4261
印刷／東京印書館　製本／東京美術紙工　Printed in Japan

©2016 Nanae Sugita
ISBN978-4-378-01518-7　NDC933
http://www.saela.co.jp/

三千と一羽がうたう卵の歌

ジョイ・カウリー＝著
デヴィッド・エリオット＝絵
杉田七重＝訳

◆A5判／192ページ
◆本体1400円

老メンドリの命と、キツネの命。ジョシュアのお母さんの命と、そのお腹で育っている小さな命。毎朝三千羽のメンドリが卵という名の命を産み落とす……養鶏場を舞台にした、これはまさに命の物語。したたかで生意気な老メンドリと、卵の殻のように繊細な心を持つ少年のやりとりにほのぼのと笑ったあと、胸いっぱいに迫ってくるクライマックスの感動をじっくり味わっていただきたいです。──杉田七重